# DESTINY'S A WITCH

*Edizione italiana*

## WICKED GOOD MYSTERY SERIES

## LUCY MAY

Copyright © 2018 Lucy May

Tutti i diritti riservati.

Copertina realizzata da Rebecca Poole, Dreams2Media

Nessuna parte di questo libro può essere riprodotta in qualsiasi forma o con qualsiasi mezzo elettronico o meccanico, inclusi i sistemi di archiviazione e recupero delle informazioni, senza il permesso scritto dell'autore, ad eccezione dell'uso di brevi citazioni in una recensione del libro.

DIVIETO DI ADDESTRAMENTO IA: Senza in alcun modo limitare i diritti esclusivi dell'autore previsti dal copyright, qualsiasi utilizzo di questa pubblicazione (in tutti i formati, compresi ebook, stampa, audio, traduzioni e qualsiasi altro formato) per "addestrare" tecnologie di intelligenza artificiale (IA) generativa per produrre testo è espressamente vietato. L'autore si riserva tutti i diritti di concedere licenze per l'utilizzo di quest'opera per l'addestramento generativo dell'IA e lo sviluppo di modelli linguistici di apprendimento automatico.

Questa è un'opera di fantasia. Nomi, personaggi, aziende, luoghi, eventi e incidenti sono frutto dell'immaginazione dell'autore o utilizzati in modo fittizio. Qualsiasi somiglianza con persone reali, viventi o defunte, o con eventi reali è puramente casuale.

La menzione di qualsiasi azienda e/o prodotto reale ha solo un effetto letterario. Tali menzioni non devono essere interpretate come approvazioni di, o da parte di, questi marchi. Tutti i marchi registrati e i copyright sono di proprietà dei rispettivi titolari.

# DEDIZIONE

«Spesso l'uomo incontra il suo destino sulla strada che ha preso per evitarlo.»
-Jean de la Fontaine

# CAPITOLO UNO

**MOIRA WICKED**

Facendomi strada tra la gente che affollava il marciapiede, quasi inciampai quando mi girai per entrare a forza nella porta di Pozioni & Regali Schizzinosi. Con mio grande fastidio, il negozio era pieno di clienti, tutti completamente incantati da quel grazioso posticino. Con un'alzata d'occhi, mi feci largo tra la folla finché raggiunsi il bancone. La persona che ero venuta a vedere, mia zia Lea, era in piedi accanto al bancone e stava rifilando sciocchezze a un cliente.

Zia Lea aveva lo stesso aspetto da quando potevo ricordare. I suoi capelli argentati erano raccolti in uno chignon elegantemente disordinato sulla testa, tenuto in posizione da bacchette rosse brillanti. Indossava una gonna fluida rossa che le ondeggiava intorno alle caviglie, abbinata a una camicetta bianca aderente e stivaletti neri con tacchi bassi. Orecchini pendenti d'argento e una massa di braccialetti d'argento completavano il suo look: quello di una bella donna anziana elegante con un'aria hippie.

«Beh, cara, questo rimedio aiuterà sicuramente la tua pelle. Basta tamponarlo dietro le orecchie e spruzzarlo nella vasca da bagno», disse zia Lea, agitando la piccola bottiglia, i suoi occhi verdi scintillanti con il suo caldo sorriso.

La cliente in questione indossava un paio di jeans attillati e stivali da equitazione con una camicetta aderente e una giacca di pelle nera. Il suo enorme anello di diamanti era un chiaro segnale che aveva un sacco di soldi da spendere. Era così grande che temevo che il dito le si sarebbe piegato per il peso.

La mia ipotesi migliore era che questa gentile cliente fosse venuta nel Maine per il fine settimana dal Massachusetts, dal Connecticut o da New York. Probabilmente lavorava nella moda o nella finanza e guadagnava montagne di soldi, o meglio ancora, aveva sposato qualcuno che gestiva una società d'investimento senza etica e dedicava il suo tempo a cause benefiche socialmente appropriate in una sorta di tentativo mal indirizzato di sistemare il suo karma. Era completamente concentrata sulle chiacchiere di zia Lea, che fra l'altro continuavano senza sosta.

Dovevo riconoscerlo a zia Lea, sapeva riconoscere una preda facile a un chilometro di distanza e avrebbe potuto vendere m*rda di cavallo se avesse voluto. Nel giro di pochi minuti, aveva venduto non solo la pozione magica, ma anche altri articoli della sua sezione "Bellezza & Guarigione". Se ti stai chiedendo cos'era, si trattava di lozioni, creme e simili, tutti intrisi di poteri magici curativi. Per quanto mi sarebbe piaciuto dirti che erano tutte str*nzate, non lo erano.

Ma torno al punto. Nel momento in cui zia Lea diede alla sua cliente un caloroso abbraccio e la congedò con un cenno, mi precipitai dietro il bancone, afferrando il suo gomito e facendola roteare attraverso le porte a vento nell'area del magazzino sul retro.

«Moira! Cosa ci fai qui, tesoro?» esclamò zia Lea, avvolgendomi in un caloroso abbraccio profumato di rosmarino.

Feci un passo indietro e raccolsi il mio migliore sguardo truce. Amavo zia Lea. Amavo tutta la mia famiglia, ma a volte mi facevano impazzire. «Hai venduto a Brian una pozione d'amore e non provare nemmeno a dirmi che non l'hai fatto.»

«Oh mio Dio, come puoi pensare...?» iniziò zia Lea, ma non avevo pazienza per le sue tergiversazioni.

«Non iniziare nemmeno con me. Avrei dovuto sapere che avresti fatto qualche sciocchezza dopo che mi sono lamentata della sua fidanzata. Chiariamo, non mi lamentavo perché ero gelosa, ma perché è una spina nel fianco in ufficio.»

Zia Lea sorrise con aria furba, abbandonando completamente il tentativo di professare ignoranza. «Esattamente. Volevo solo metterla al suo posto. Mi hai detto che incubo era e poi lui l'ha portata qui. Oh mio Dio», si fermò per sventolarsi dal finto sconforto di aver incontrato la fidanzata del mio capo. «Era terrificante. Un giorno mi ringrazierà.»

Mi allontanai girandomi, presi un respiro profondo e lo lasciai uscire lentamente, contando fino a dieci mentre lo facevo. Tornando a guardarla, osservai zia Lea, sapendo che aveva buone intenzioni, ma che raramente, se non mai, rifletteva sulle conseguenze di ciò che faceva. Le implicazioni erano molto più grandi considerando che era una strega, una piuttosto potente tra l'altro.

«D'accordo. Sono sicura che sarà grato di non sposarla, ma tu hai lanciato l'incantesimo e ora lui sbava dietro a me. A me! Questo è un problema di proporzioni epiche, per non parlare del fatto che io non voglio assolutamente avere a che fare con Brian Spencer. È il mio capo e non abbiamo assolutamente nulla in comune. Per favore, sistema questo. Tipo ieri se possibile.»

«Tesoro, non posso tornare indietro nel tempo», disse zia Lea, sollevando le sopracciglia come se pensasse davvero che stessi insinuando che potesse farlo.

«Oh mio Dio! Lo so che non puoi. Solo... sistemalo. Annulla l'incantesimo o qualcosa del genere. Fagli innamorare di qualcun altro.»

Per quanto mi sarebbe piaciuto sistemarlo da sola, se zia Lea aveva avuto mano nell'incantesimo che aveva lanciato, non avevo abbastanza potere per contrastarlo. Forse tra qualche decennio ci sarei arrivata, ma lei era in una categoria a sé.

Zia Lea tamburellò l'indice contro la guancia, la sua unghia rosso lucido che catturava la luce dall'alto. Dopo un attimo, si affrettò via, passando attraverso una tenda di perline. Esatto, come se non bastasse, Pozioni & Regali Schizzinosi aveva una tenda di perline nella stanza sul retro. Sarebbe stato difficile rendere questo posto più kitsch.

# CAPITOLO DUE

Lascio vagare lo sguardo, osservando il retro affollato del negozio tanto amato da zia Lea. Le pareti erano rivestite di scaffali, ogni centimetro di spazio occupato da bottiglie di pozioni, creme e molto altro, insieme a opere d'arte costose e gioielli. Il negozio apparteneva alla mia famiglia da, be', qualche centinaio d'anni. Al momento era zia Lea il membro della famiglia che lo gestiva, ma tutti noi ci avevamo messo mano in vari momenti. Respirai profondamente, assaporando il profumo di erbe e fiori che permeava l'ambiente. I suoni dalla parte anteriore del negozio arrivavano fino a qui. Zia Lea aveva due dei miei cugini più giovani che lavoravano qui questa primavera, cosa che io avevo fatto per tutte le superiori.

La mia mente tornò al pomeriggio precedente quando il mio capo, che odiavo tra l'altro, era entrato nel mio ufficio con dei fiori. Fiori! Sembrava aver completamente dimenticato di essere fidanzato con Kristy Ross, un'altra analista di investimenti dell'ufficio. Il motivo per cui lavoravo nel campo degli investimenti, beh, era un altro discorso.

Comunque, ero sbalordita. Stavo cercando di capire il modo migliore per licenziarmi senza far arrabbiare Brian e rovinare le mie possibilità di ottenere buone referenze da lui. Perché, insomma, odiavo il mio lavoro e avevo bisogno di cambiare.

Questa non era una novità per la mia famiglia perché mia madre mi pressava costantemente affinché tornassi a Charm Cove. Poteva esserci una città più carina con un nome del genere? «Difficile dirlo senza saperlo» avrebbero risposto i locali.

Comunque, avevo chiamato qui una settimana prima per avvisare i vari membri della mia famiglia che il mio capo e la sua fidanzata sarebbero stati in città per una visita. Questo, di per sé, non era insolito. Turisti da tutto il Nord-Est e dal mondo accorrevano sulla costa del Maine in visita. Lo stato aveva due motti: *Maine, il modo in cui la vita dovrebbe essere* e *Terra di vacanza*. C'erano molte graziose cittadine costiere nel Maine, ma Charm Cove occupava un posto speciale perché qui i locali si prendevano cura dei turisti come matti.

C'era anche il fatto che la città era stata fondata da due famiglie di streghe qualche secolo fa. Dire che i locali qui avevano un modo di incantare i turisti era un ridicolo eufemismo. La mia famiglia ci faceva un sacco di soldi.

Quindi il mio capo voleva visitare la città. Niente di insolito. Gli avevo gentilmente dato alcuni suggerimenti su dove alloggiare, i migliori ristoranti e negozi e gli avevo augurato una bella vacanza con la sua scorbutica fidanzata. Sapendo che ero infelice al mio lavoro, la mia ipotesi migliore era che zia Lea avesse dato un'occhiata alla sua fidanzata e avesse deciso di usare i suoi poteri per il bene. Sosteneva che quella fosse l'unica ragione per cui usava mai i suoi poteri. Bah.

Nel momento in cui Brian si era presentato con i fiori, avevo capito che lei aveva fatto qualcosa. Ancora peggio, quando mi ero fermata nel suo ufficio per consegnare un rapporto, avevo notato la distintiva etichetta di Pozioni & Regali Schizzinosi su una bottiglia sulla sua scrivania. Il mio rigido e snob capo bancario degli investimenti - che aveva un tale bastone infilato nel sedere che non ero sicura potesse essere rimosso - aveva una bottiglia di qualche rimedio New Age. Nel momento in cui l'avevo vista, avevo capito cosa stava succedendo. Zia Lea gli aveva lanciato un incantesimo d'amore, uno che purtroppo aveva catturato anche me nella sua rete. Dio mi aiuti.

Zia Lea tornò in fretta, la tenda di perline tintinnava dolcemente mentre la attraversava. «Ok, eccoci qui. Ho invertito l'incantesimo, ma devi mettere questo nel suo ufficio.»

Fissandola, scossi lentamente la testa. «Risolverai tu stessa questo pasticcio. So che puoi gestirlo a distanza, quindi non provare nemmeno a trascinarmi in questa storia,» dissi, con il tono più fermo che potevo.

Zia Lea inclinò la testa di lato e alzò gli occhi al cielo. «Va bene. Promettimi che tornerai a casa, e me ne occuperò subito,» disse con uno schiocco delle dita.

Questo era un punto di disaccordo comune con chiunque della mia famiglia da quando mi ero trasferita via da Charm Cove alcuni anni fa. C'erano molte cose che amavo della mia città natale, ma avevo bisogno di un po' di tempo lontano, e non apprezzavo la pressione per tornare. Volevo prendere quella decisione alle mie condizioni.

Ci fissammo finché lei non sospirò e appoggiò una mano sul fianco. «Non intendevo farlo innamorare di te. Non ho fatto l'incantesimo specifico, solo per la prima donna che avesse visto dopo che avesse fatto effetto. Immagino quella fossi tu.»

«Immagino di sì,» dissi, incapace di trattenere una risata. Per quanto potessi essere infastidita dalle sue buffonate, era tutto così ridicolo.

Zia Lea mi lanciò un sorriso malizioso e poi mi fece cenno di andare davanti. «Resti per il weekend?» mi chiese mentre mi accompagnava sul marciapiede affollato.

«Certo. Ora sto andando a casa di mamma.»

Zia Lea mi abbracciò di nuovo e mi congedò con un cenno.

Feci in totale dieci passi quando sentii il mio nome.

«Moira Wicked!»

Se ho dimenticato di menzionarlo, le due famiglie che hanno fondato Charm Cove qualche secolo fa erano i Wicked e i Good. Io sono una Wicked. L'uomo che aveva chiamato il mio nome? Liam Good.

# CAPITOLO TRE

A Charm Cove, i Wicked e i Good erano in faida da secoli. Negli ultimi cento anni circa era diventata molto più civile, considerato che dovevamo tenere nascoste le nostre capacità da streghe. La recente popolarità di tutto ciò che era spirituale aveva reso le cose molto più semplici per noi, ma in realtà tutto ciò che aveva fatto era aiutarci a truffare più facilmente i turisti ignari. Suppongo che la grazia salvifica fosse almeno che le cose che vendevamo loro funzionavano. Un esempio lampante era l'incantesimo d'amore di zia Lea sul mio capo.

In quel momento, Liam Good stava chiamando il mio nome, e io stavo cercando di capire dove potessi nascondermi. Con un movimento del polso, feci vorticare del fumo nell'aria e scomparvi dentro, trasportandomi nel bagno più vicino. Accidenti. Piccolo problema: ero atterrata nel bagno sul retro di Pozioni e Doni Schizzinosi.

I miei poteri erano un po' arrugginiti perché stavo cercando di condurre una vita *normale*. Lascia che ti dica, era difficile essere normale quando il tuo nome significava *destino*, il tuo cognome era Wicked e *effettivamente* provenivi da una famiglia leggendaria per le sue arti da strega.

Con un sospiro, mi allontanai dalla familiare porta del bagno e feci il punto della situazione. Scostando alcuni ciuffi ribelli dei miei capelli quasi neri dagli occhi, mi sciacquai le mani nel lavandino e mi guardai. Occhi verdi e pelle piuttosto pallida mi fissavano di rimando. Le mie guance erano arrossate, probabilmente per l'ansia di incontrare Liam. Con uno schizzo d'acqua sul viso, mi rinfrescai. Supposi che il lato positivo fosse che potevo uscire tranquillamente senza preoccuparmi di spiegare come ero finita lì. E così feci.

Quando zia Lea inarcò un sopracciglio alla mia comparsa, mi fermai accanto a lei dietro il bancone. «Liam Good mi ha vista. Non sono dell'umore giusto, quindi... beh, sai come è», spiegai, sottovoce.

Zia Lea annuì saggiamente. Non dovevo spiegarle che mi ero smaterializzata nel bagno sul retro. Nessuna preoccupazione. Creare fumo che nessun altro poteva vedere a meno che non fosse una strega era del tutto normale a Charm Cove.

Continuai fino all'uscita del negozio, sperando che Liam avesse colto il messaggio. Nessuna fortuna. Era appoggiato al pilastro di granito all'angolo della strada, scomodamente situato vicino alla mia utilitaria rossa. Moriva dalla voglia di sparire di nuovo, ma sapevo che non mi avrebbe fatto alcun bene.

Liam Good era il mio ex-fidanzato delle superiori e di parte dell'università. Dall'ultima volta che ne avevo sentito parlare, era felicemente sposato, e io avevo finto che non m'importasse.

Liam Good era in gran parte il motivo per cui mi ero trasferita da Charm Cove e perché mi ero ripromessa di chiudere la porta ai miei poteri. Era bastato un incontro ravvicinato con lui, e la mia determinazione a non usare i miei poteri era andata in fumo. Sospiro.

Riuscii a forzare un sorriso tirato, facendo del mio meglio per non notare che era ancora attraente. Capelli neri come la notte, occhi di un azzurro glaciale, e classicamente bello con lineamenti scolpiti e tutto il resto. Dio mi aiuti. La vita non era giusta.

«Ciao, Liam, come stai?» chiesi cortesemente.

Con le braccia incrociate mentre era appoggiato a quel pilastro di granito con l'allegro cartello stradale che annunciava Charming Way, Liam inarcò un sopracciglio. «Pensavo avessi finito con quella roba», disse a mo' di saluto.

Cavolo. Pazienza. Scrollando le spalle con noncuranza, dissi: «Non so cosa hai sentito dire, ma sono una Wicked. Non posso davvero voltare le spalle a ciò che sono». Potevo anche star mentendo spudoratamente, ma non erano affari suoi.

Il suo sguardo mi scrutò. Volevo saltare in macchina e andarmene, ma per caso stava bloccando la portiera. «In realtà ero contento di vederti. Io...»

Qualunque cosa Liam stesse per dire fu interrotta da un urlo. Le nostre teste ruotarono all'unisono verso la direzione dell'urlo. Charming Way era l'equivalente di Main Street a Charm Cove e proprio nel centro della città. Come molte città del New England, Charm Cove aveva un classico parco comunale. A Charm Cove, questo consisteva in un ampio prato verde, circondato da un'intricata recinzione in ferro battuto con sentieri di ardesia che attraversavano il parco e raccolte di arbusti e fiori qua e là.

A un'estremità del parco comunale c'era un enorme vecchio abbeveratoio per cavalli in marmo scolpito. Era bello e antico. Inutile dire che non veniva più usato come vero e proprio abbeveratoio, anche se suppongo che se qualcuno avesse attraversato la città a cavallo, sarebbe stato perfettamente lecito fermarsi lì per far bere il cavallo. A tutti gli effetti pratici, ora era una fontana decorativa.

Prima che me ne rendessi conto, Liam si stava dirigendo velocemente verso la fontana e io lo stavo seguendo in fretta. Raggiungemmo il gruppo di persone lì riunite. Liam si fece largo facilmente tra la folla perché era quel tipo di uomo. Non mi venne mai in mente di chiedermi perché lo stessi seguendo. Arrivando all'abbeveratoio, trattenni il respiro.

Galleggiante al centro della fontana c'era un cadavere. Un brivido mi percorse la schiena e mi mandò formicolii fino alla punta delle dita.

# CAPITOLO QUATTRO

Osservai l'ambiente utilitario della stazione di polizia di Charm Cove, considerando che questo era uno dei pochi luoghi di Charm Cove che non fosse particolarmente affascinante. Le pareti erano bianche, i pavimenti erano piastrellati con riquadri alternati bianchi e neri, e le uniche decorazioni degne di nota erano certificati e licenze appesi alle pareti. Seduta su una dura sedia di plastica nella sala d'attesa, avrei voluto essere ovunque tranne che qui ad aspettare con Liam.

Dopo aver trovato il cadavere che galleggiava a faccia in giù nella fontana sul prato, tutti quelli che erano presenti alla macabra scoperta erano stati radunati e portati alla stazione di polizia. Nel frattempo, non sapevo ancora cosa fare, ma ogni cellula del mio corpo mi urlava che c'era qualcosa di sospetto. Per il momento, avrei fatto la parte della persona educata, se non altro perché potrebbe aiutarmi a raccogliere qualche indizio. Il capo della polizia, Daniel Levesque, si stava precipitando a indagare sulla scioccante scoperta di un cadavere nel centro città. Daniel era molto conosciuto in città. In effetti, era solo qualche anno avanti a me al liceo. Suo padre era stato il capo della polizia prima di lui. Se c'era una cosa che accadeva regolarmente a Charm Cove, era che le persone seguissero le orme dei loro genitori.

Suppongo che sotto questo aspetto fossi fortunata. Mia madre mi ha chiamato Moira perché le piaceva. Oh, e significa *fato* e *destino*. Non fatemi nemmeno iniziare su questo. La mia famiglia era di origine irlandese e francese, quindi si adattava anche a quel modello.

Charm Cove, come molte città del New England, era impregnata di storia. In superficie, la sua storia sembrava piuttosto benigna. Ma questo solo se non si sapeva molto su chi aveva fondato la città.

I miei occhi si posarono su una targa vicino alla porta, che dichiarava che la stazione di polizia era stata costruita nel 1702. Charm Cove era conosciuta come North Salem prima di essere incorporata. Durante il tumulto dei processi alle streghe di Salem, i residenti decisero che era saggio spezzare il legame con Salem e incorporarono la città come Charm Cove. Le due famiglie che fondarono la città – i Wicked e i Good – si trasferirono qui da Salem in seguito a un avvertimento di una matriarca. L'isteria puritana diede loro una buona ragione per cancellare qualsiasi collegamento superficiale con Salem.

Le notizie viaggiavano sui venti, portando a Salem le notizie dei processi alle streghe e altre spiacevolezze. Nella graziosa Charm Cove, le famiglie di streghe andarono in clandestinità e trasformarono la città in un adorabile piccolo posto da visitare. Avevamo un'incantevole, o meglio affascinante, se vogliamo dirlo così, insenatura nascosta lungo la costa rocciosa del Maine. Quasi ogni città lungo la costa del Maine aveva un'insenatura, tutte pittoresche. Non avrei saputo dire se Charm Cove fosse più affascinante delle altre città, ma avevamo fatto un ottimo lavoro nell'attirare turisti con grandi somme di denaro dalle città per le loro vacanze.

Mentre vagavo mentalmente attraverso la storia di Charm Cove, la voce di Liam mi strappò dalla mia fantasticheria.

«Allora, cosa ci fai in città?» chiese.

Diedi un'occhiata al mio fianco, sforzandomi di non reagire alla sua presenza. Era così scomodo che ero stata follemente innamorata di lui durante il liceo. Quel tipo di ricordi era difficile da scacciare.

«Solo una visita», fu la mia risposta inoffensiva. Di certo non volevo dire la verità. Cosa avrei potuto dire? Sicuramente non che la mia pazza e ficcanaso zia Lea aveva lanciato un incantesimo d'amore sul mio capo stronzo.

Anche se Liam ne sarebbe stato divertito. Di certo non avrebbe pensato che fosse pazzesco. Zia Lea era sposata con suo zio Jacob.

Lui annuì, socchiudendo gli occhi quando qualcuno attraversò la porta entrando nella sala d'attesa della stazione di polizia. Seguii il suo sguardo per vedere il fratello di Alvin, Calvin, entrare dalla porta. Calvin si guardò intorno e poi andò immediatamente a parlare con la receptionist.

«C'è qualcosa che non va», disse Liam sottovoce.

«Che vuoi dire?» replicai, mantenendo la voce bassa.

Eravamo nell'area d'attesa con altre quattro persone, tutte sparse tra le sedie, alcune che leggevano riviste e altre che scorrevano i loro telefoni.

Liam mi guardò di nuovo, inarcando un sopracciglio. «Beh, vediamo, Alvin è morto nella fontana e metà della città è incazzata con lui».

«Di cosa stai parlando?»

Questa volta entrambe le sopracciglia si sollevarono. «Immagino che tu non lo sappia visto che non sei molto presente. Era nel consiglio di zonizzazione ed è stato lui a fare la proposta che ha rizonizzato l'area commerciale, facendo aumentare le tasse. Molte famiglie sono incazzate. Daniel sembra avere la stessa idea che ho io», spiegò Liam.

Il mio stomaco si contrasse e le rotelle iniziarono a girare nel mio cervello. Perfetto, davvero perfetto. Era impossibile tornare a casa per una visita senza che succedesse qualcosa di folle. Anche se un cadavere nel centro della città probabilmente era il massimo. Ero più abituata alla magia meno mortale di far sbocciare fiori e creare scompiglio con cose sciocche come rompere incantesimi. La morte era una novità. Era sicuro dire che non era questo il caso uno o due secoli fa.

Qualunque fosse l'espressione sulla mia faccia, Liam inarcò un sopracciglio in segno di domanda.

Scossi leggermente la testa, mantenendo la voce bassa quando risposi. «Niente. È solo che c'è sempre qualcosa quando torno a casa. Anche se l'omicidio è decisamente più di quanto di solito mi preoccupi. Se è ciò che è accaduto».

«Forse è stato un incidente», rispose dolcemente.

Nascondendo le mani sotto le cosce, annuii. «Speriamo».

In tutta onestà, non avevo idea del perché lo sperassi. Se il mio presentimento era giusto, questo non era un incidente.

———

«Raccontami quello che hai visto», disse Daniel Levesque.

«Daniel, davvero non so niente. Ero sul marciapiede dall'altra parte della strada rispetto al parco quando ho sentito qualcuno urlare. Ho seguito Liam e abbiamo visto Alvin nella fontana», risposi.

Daniel annuì, guardando alcuni appunti che aveva annotato davanti a sé sulla scrivania. I suoi capelli erano neri come sempre, insieme ai suoi profondi occhi castani. Una mia amica del liceo, Zoe Baker, aveva una cotta tremenda per lui all'epoca. Lui era all'ultimo anno del liceo quando noi eravamo al primo. Da qualche parte lungo il percorso del college, sono finiti insieme e ora erano sposati.

Sono rimasta in contatto con Zoe, di solito ci sentivamo ogni volta che mi fermavo per una visita. Anche lei era una strega. Ma questo era un argomento per un'altra volta.

Daniel si appoggiò allo schienale della sedia, muovendo le spalle. «Quindi hai sentito qualcuno della tua famiglia lamentarsi di quei cambiamenti fiscali?»

Trattenni un sospiro silenzioso. La mia famiglia era piuttosto teatrale, ma lo era anche quasi tutti a Charm Cove. Era in parte per questo che mi ero trasferita per una pausa. Beh, quello e un cuore spezzato causato da un incantesimo sciocco e impulsivo andato storto.

Incontrai lo sguardo di Daniel e fui sollevata di poter rispondere con completa onestà. «Daniel, non sono molto presente. Se qualcuno della mia famiglia è arrabbiato per i cambiamenti fiscali, non sono stata abbastanza in giro per sentirlo. Te lo direi se l'avessi sentito».

Daniel annuì lentamente e poi sospirò profondamente, sporgendosi in avanti e appoggiando i gomiti sulla scrivania. «Non hai idea di quante persone sono, o forse dovrei dire erano, furiose con Alvin Pearson», offrì. «Spero che scopriremo che è stato solo un incidente, ma chissà?»

Si fermò per prendere un sorso del suo caffè. Dopo averlo posato, mi osservò. «Zoe sarebbe felicissima se tornassi a vivere a Charm Cove».

«Ci penso a volte, ma non so quando lo farò», fu tutto ciò che riuscii a dire. Era impossibile visitare casa, anche brevemente, senza che qualcuno commentasse in questo modo. Avevo sempre pianificato di tornare a un certo punto, ma capirlo da sola sarebbe stato bello.

Daniel probabilmente sapeva più della maggior parte delle persone sul perché avevo lasciato Charm Cove. Se non altro perché Zoe conosceva tutti i dettagli.

«Liam è divorziato ora, sai», aggiunse Daniel.

Io *non* lo sapevo affatto. Quello era un dettaglio importante che in qualche modo mi ero persa. In realtà non potevo crederci. Ero stata lontana da Charm Cove solo per alcuni anni. All'inizio, zia Lea e mia madre ben intenzionata, insieme a metà della mia famiglia, avevano ritenuto opportuno tenermi aggiornata su tutto ciò che riguardava Liam in ogni momento. Vedi, non era solo che avevo avuto una cotta sciocca per lui al liceo. Siamo stati insieme fino al college. Ancora peggio, per ragioni che capivo ma che mi facevano impazzire, tutti nella mia famiglia e nella sua erano assolutamente, positivamente convinti che fossimo destinati a stare insieme.

Fatto divertente ma folle: mentre i Wicked e i Good erano stati in conflitto in vari modi, grandi e piccoli, negli ultimi secoli, c'era una nota romantica. In ogni generazione, un Wicked e un Good si sposavano. Se la leggenda aveva ragione, quei matrimoni impedivano alle nostre famiglie di essere l'una alla gola dell'altra. Una buona cosa perché c'erano le solite faide familiari e poi c'era quello che succedeva quando le due famiglie in questione avevano ogni tipo di magia a portata di mano.

Non potrei inventarmi questa follia. Nonostante commentassi in quel modo *tutto* il tempo sulla mia famiglia, la maggior parte delle persone pensava che fosse la solita battuta su una famiglia leggermente strana, ma per lo più normale. Non avevano *idea*. Far parte della mia famiglia ed essere intrappolata nella rete di cose che la maggior parte delle persone considerava nulla più che qualcosa uscito direttamente da una fiaba, beh, era un po' troppo.

Ecco perché mi sono trasferita: per riprendere fiato, per vedere se potevo vivere una vita *normale*. Figuriamoci, ma lo sapevo da un po'. Ero giunta alla conclusione che io e la normalità non eravamo destinati a stare insieme. Non quando le mie dita prudevano per lanciare incantesimi, non quando dovevo indossare guanti pesanti in inverno per evitare di far turbinare il fuoco nell'aria per riscaldarmi quando ero fuori, non quando quel formicolio rivelatore mi saliva lungo la spina dorsale e si diffondeva fino alle dita come magia liquida nelle mie vene.

Fissando Daniel, cercai di restare impassibile e mi limitai a scrollare le spalle. «Non seguo i pettegolezzi da queste parti».

«Beh, forse dovresti», rispose.

Oh dolce Gesù. Per l'amor del cielo. Perché tutti pensavano che Liam e io fossimo destinati a stare insieme? Sulla scala della follia, sapevi che era grave quando persino il capo della polizia era in qualche modo coinvolto in questa pazza idea sul destino.

# CAPITOLO CINQUE

Una settimana dopo, fissavo l'unica scatola di oggetti che avrei portato con me lasciando il mio lavoro a New York. Zia Lea aveva mantenuto la parola e aveva annullato quello sciocco incantesimo d'amore che aveva lanciato sul mio capo. Beh, permettetemi di chiarire. L'aveva annullato temporaneamente, in modo che lui smettesse di corteggiarmi. Ma l'aveva rilanciato quasi immediatamente e ora stava facendo la corte alla receptionist dell'ufficio. Che Dio ci aiuti tutti.

La nostra receptionist, Janet, era una donna rigida e formale. Al momento, la scrivania di Janet era coperta di fiori. Sembrava completamente disorientata dalle attenzioni di Brian. Per quanto mi dispiacesse leggermente per lei, ero immensamente sollevata che lui non mi fissasse più con occhi da innamorato.

Eppure, questo non cambiava il fatto che Kristy, l'ormai ex fidanzata del mio capo, mi odiava. Non andavamo d'accordo da quando avevamo iniziato a lavorare insieme. Aveva approfittato dell'opportunità, mentre lui era concentrato sull'essere innamorato di me, per mettere in moto gli ingranaggi che mi avevano portato a scegliere di dimettermi. Non era la prima volta che si lamentava con le Risorse Umane riguardo al lavorare con me. Le HR mi avevano chiamato per discutere di un incontro di mediazione. Sebbene avessi la sensazione che vedessero Kristy per quello che era, dovevano chiaramente seguire la procedura.

Ho preso tutto come un segno. Non ero felice del mio lavoro e non ero felice lontana da Charm Cove. Cercare di essere *normale* era come tentare di trasformare un cane in un gatto. Impossibile. Non per me. Non stavo prendendo una decisione definitiva di trasferirmi a casa, ma decisi di fare una prova.

Con la mia scatola tra le braccia, lasciai l'ufficio. Da quando avevo lanciato l'incantesimo la settimana scorsa quando avevo cercato di nascondermi da Liam, le mie dita prurivano più del solito. Quando sei una strega, non è che vai in giro a lanciare incantesimi a destra e a manca. Ma mentirei se non dicessi che a volte è utile e anche un po' divertente. Uscendo dalla porta, lanciai un incantesimo d'amore su Kristy, uno molto specifico.

Era una snob del più alto livello, e questo mi infastidiva. Così l'ho fatta innamorare di uno dei custodi dell'edificio, Ed. Ed era un tesoro e gentile come pochi. Mi piaceva l'idea che si innamorasse di qualcuno di "rango inferiore". Non che io la pensassi così, ma lei sì. Immaginavo che si sarebbero divertiti un po' prima che l'effetto svanisse.

Avendo rubato la bottiglia di pozione d'amore dalla scrivania di Brian, con un movimento del polso, l'incantesimo era fatto. Quello fu il mio ultimo atto prima di uscire dall'ufficio. In meno di una settimana dal mio ultimo viaggio a casa, ero di nuovo in autostrada, guidando da New York City verso il Maine.

In tutta onestà, per tutto il tempo in cui avevo cercato di adattarmi al mondo fuori da Charm Cove, mi ero sentita fuori posto. Non era facile inserirsi da qualche parte con il mio passato. Continuavo a dirmi che alla fine mi sarei sistemata e mi ci sarei abituata. Eppure, semplicemente non era successo. Cercare di sentirsi normali era difficile quando sapevi di non esserlo. Tra l'incontro con Liam, la mancanza pazzesca della mia famiglia e poi l'aver riassaporato la magia, mi stavo final- mente arrendendo all'impulso di tornare a casa. Charm Cove era una calamita da cui non potevo allontanarmi.

Ogni volta che il mio cuore traditore cercava di ricordarmi che il mio destino era con Liam e Charm Cove, cancellavo mentalmente il suo nome da quel pensiero. Forse ora era divorziato, ma questo non cambiava la nostra storia.

# CAPITOLO SEI

Entrando nella rimessa delle carrozze che mia madre aveva tenuto vuota per ben tre anni in attesa del mio ritorno, lanciai un urlo quando una palla di pelo mi cadde addosso dall'alto.

Scostando i capelli dagli occhi, vidi un gatto bianco che correva sul pavimento. Girandosi, il gatto si sedette sulle zampe posteriori e mi fissò con uno sguardo torvo. Chiaramente, ero io l'intrusa qui.

«Chi sei?» chiesi, come se il gatto potesse rispondermi. La risposta di suddetto gatto fu di agitare la coda e girarsi su se stesso.

«Quello è Ghost», annunciò mia madre.

Non avevo bisogno di vederla per sapere che era lei. Mi girai per trovarla mentre entrava dalla porta alle mie spalle.

«Da dove diavolo è sbucato?»

Mia madre chiuse la porta dietro di me e indicò verso l'alto. Seguii la direzione del suo indice per vedere diverse mensole montate casualmente in alto sulla parete.

«Perché ci sono delle mensole lassù? Non è che qualcuno possa raggiungerle.»

Mia madre abbassò la mano, appoggiandola sul fianco e sorridendo. «Sono per Ghost. Può salire su quella in basso e poi saltare sulle altre due. Gli piace dormire in posti alti», mi spiegò.

Come per dimostrare il suo punto, Ghost attraversò trotterellando la stanza, balzò sulla mensola più bassa e poi su quella successiva e quella dopo ancora. Con la coda che si agitava, si sedette e ci fissò dall'alto.

Guardai di nuovo mia madre. Camille Wicked. Era entrata a far parte della famiglia Wicked con il matrimonio, ma era una strega già prima di sposare mio padre, uno stregone. Sì, proprio così. Discendevo da una strega e uno stregone.

Mia madre aveva i capelli argentati, che teneva corti e alla moda in un caschetto. Indossava una gonna verde aderente che le avvolgeva i fianchi per poi allargarsi alle caviglie in un vortice. Portava stivaletti neri alla caviglia molto eleganti e una camicetta color crema attillata. Il suo look elegante era completato da orecchini pendenti d'argento e così tanti braccialetti d'argento da darmi mal di testa ogni volta che muoveva il braccio.

«Perché Ghost vive qui?» chiesi.

«È tuo», rispose mia madre con calma. Con un'elegante scrollata di spalle, si girò e diede un'occhiata intorno mentre io cercavo di assimilare quell'annuncio.

La rimessa era splendida, naturalmente. A differenza di alcune rimesse per carrozze, questa una volta era stata effettivamente un vero magazzino per carrozze e cavalli. La casa dei miei genitori era stata costruita all'inizio del 1700. Era una classica casa coloniale del New England. Bella e maestosa, era situata in alto su una scogliera, con vista sull'oceano in lontananza. Questa rimessa era situata in modo da essere visibile dalla casa principale, ma non troppo vicina.

La rimessa era stata amorevolmente mantenuta e ristrutturata, trasformandola dal suo scopo precedente in una vera e propria casa. L'ingresso mi portava direttamente nel soggiorno, che aveva soffitti alti con un piccolo soppalco che un tempo era stato il fienile. I pavimenti erano di castagno originale con una finitura lucida. Lo spazio aperto aveva finestre enormi che si affacciavano sulla costa in lontananza. L'oceano era a un buon miglio da qui, ma si poteva ancora vederlo.

Da un lato c'era la cucina. Dove un tempo c'erano le porte della stalla, ora c'era un bancone che fungeva da divisorio tra la cucina e il soggiorno, con armadi sulla parete dietro. Sul retro c'erano porte che conducevano a due camere da letto e un bagno. Il soppalco al piano superiore era una graziosa sala di lettura.

Non l'avrei mai ammesso con mia madre, ma un senso di sollievo mi aveva invaso quando ero entrata qui. Questo posto era mio. Mi era stato lasciato in eredità da mia nonna quando era morta.

C'erano fiori sul bancone della cucina e sul tavolo da pranzo situato di lato. Avrei dovuto sapere che mia madre mi avrebbe dato il benvenuto rendendo il posto grazioso. Sapeva che amavo i fiori. In particolare, sapeva che mi era mancato avere un giardino e fiori freschi a New York.

Mia madre si avvicinò e mi avvolse nel suo abbraccio, mentre io avevo ancora una borsa in mano. Inutile dire che era un po' imbarazzante. Tirandosi indietro, mi prese le guance tra le mani, i suoi braccialetti tintinnanti. «Mi sei mancata, tesoro. Sono così felice che tu sia a casa. Sei finalmente tornata. Esattamente dove dovevi essere.»

Lo disse con tale enfasi drammatica da farmi alzare gli occhi al cielo. «Mamma, mi hai visto due settimane fa e poi il mese prima di quello.»

«Lo so», disse mentre faceva un passo indietro, appoggiando la mano sul fianco. «Ma finalmente stai tornando a casa, proprio come doveva essere. Le cose finalmente torneranno al loro posto.»

Posai la borsa sul divano al centro della stanza. Era rivolto verso la vista sull'oceano con un piccolo tavolino da caffè. Di lato alla stanza c'era un'altra area soggiorno con un televisore montato sulla parete. Dato che non sapevo come rispondere al meglio al commento drammatico di mia madre, scelsi il silenzio.

«Hai bisogno di aiuto per disfare i bagagli? Ho chiamato Liam e gli ho detto che potresti aver bisogno di una mano. Ha detto che può passare questo pomeriggio.»

«Mamma, non iniziare», l'avvertii.

Mia madre inarcò elegantemente un sopracciglio. Tutto ciò che faceva era elegante. «Che cosa intendi, cara? Liam è un vecchio amico di famiglia. Se hai bisogno di aiuto per il trasloco, è felice di aiutarti. È completamente innocente.»

Guardando mia madre, scossi la testa. Mia madre era tante cose, ma innocente *non* era decisamente una di queste, soprattutto quando si trattava di me. Come sua unica figlia tra quattro figli maschi, era determinata a plasmare la mia vita come riteneva opportuno. «Non ho molte cose. Inoltre non so quanto a lungo rimarrò», dissi infine.

Anche se stavo seriamente considerando di restare a casa una volta per tutte, non ero ancora pronta a giocare questa carta.

Mi resi conto del mio errore nel momento in cui le parole mi uscirono di bocca. Gli occhi di mia madre si spalancarono e la sua bocca si aprì, con un'espressione di finto orrore sul viso. «Moira! Quando affronterai finalmente il tuo destino? Più a lungo fuggi, più sarà difficile.»

Oh Dio. Solo nel mio mondo le persone parlano di cose come il fato e il destino con tale serietà. Dopotutto, era così che avevo ottenuto il mio nome, ma questo non significava che volessi esserne all'altezza.

Eppure, per quanto non mi piacesse pensarci, tre anni lontano da Charm Cove e dalla vita che conoscevo qui mi avevano insegnato una lezione forte e chiara. Non potevo smettere di essere una strega. Ci avevo provato, oh quanto ci avevo provato.

Come se potesse leggermi nel pensiero − cosa che, per quanto ne sapevo, in realtà non poteva fare − gli occhi di mia madre si addolcirono. Si avvicinò a me, passando le mani sulle mie spalle e stringendole delicatamente. «Tesoro, hai solo sbagliato un incantesimo. È finita. Si è sistemato da solo comunque. È quello che succede con cose come gli incantesimi d'amore. Potrebbero temporaneamente funzionare, ma quando ci sono forze maggiori all'opera, durano solo per un po'.»

Alzai gli occhi al cielo. «Vuol dire che la pozione d'amore che vende zia Lea viene con un'avvertenza che potrebbe smettere di funzionare?»

Le labbra di mia madre si strinsero e lei alzò gli occhi al cielo, lasciando cadere le mani mentre faceva un passo indietro. «Santo cielo. Ci sono i poteri usati contro coloro che non ne hanno di propri e poi i poteri usati contro coloro che hanno il proprio potere. Sono due cose molto diverse, cara, e lo sai.» Scosse la testa e sospirò. «Comunque, dirò a Liam che non c'è motivo che passi di qui. Farò del mio meglio per non immischiarmi nella tua vita amorosa. Ma...» − si fermò per agitare il dito verso di me − «...sai che non c'è molto che un incantesimo possa fare riguardo al destino. Devi affrontarlo.»

Iniziò a voltarsi, ma io parlai. «Mamma.»

Lei si girò di nuovo, la gonna vorticante attorno alle caviglie. «Sì?»

«Ci sono aggiornamenti sull'indagine sulla morte di Alvin?»

Non potevo resistere a chiederlo. Nonostante potessi scherzare su alcune delle cose che faceva la mia famiglia, non mi dispiaceva ammettere che ero curiosa. Preferivo però tenerlo nascosto. Quel brivido nella mia spina dorsale e il formicolio nelle mie dita mi ricordavano che c'era qualcosa di strano nella morte di Alvin. Intendevo scoprire cosa.

Mia madre tornò al bancone della cucina, appoggiando il gomito su di esso e scuotendo la testa. «No. E i pettegolezzi sono terribili. Metà della città pensa che qualcuno della nostra famiglia abbia a che fare con questo. Mentre l'altra metà pensa che sia stato qualcuno della famiglia Good. Mamma mia, quando capiranno che abbiamo smesso di avere faide tra di noi? È così ridicolo.»

Non potei fare a meno di sbuffare.

Mia madre mi guardò con gli occhi spalancati. «Cosa?»

«Accidenti, mamma. Forse non ci stiamo più ammazzando a vicenda, soprattutto perché è più illegale di quanto fosse un tempo. La storia tra le nostre due famiglie è come quella degli Hatfield e dei McCoy, ma con la magia.»

«Nessuno ha lanciato un incantesimo a nessuno da più di un decennio», disse mia madre, con tono offeso. «Oh aspetta. Cancella quello che ho detto. Tranne te.»

Le mie guance si arrossarono mentre imprecavo silenziosamente nella mia mente. «Va bene, mamma. Liam e io siamo in pace ora, e lo siamo da anni.»

«Solo da quando ti sei trasferita. È facile essere in pace quando eviti qualcuno», disse con tono deciso. «Ricorda le mie parole, il tuo destino si compirà. È solo questione di tempo.»

# CAPITOLO SETTE

Il pomeriggio seguente, parcheggiai l'auto su Charming Way e mi diressi verso Persnickety Potions & Gifts. Dovevo parlare con zia Lea. Di nuovo. Entrando nel negozio, fui ancora una volta bombardata da una sensazione di familiarità, conforto e sopraffazione. Era così tutta la mia vita qui a Charm Cove. Questo negozio, in particolare, mi era così familiare.

Prima di essere abbastanza grande per lavorare qui ufficialmente, passavo ore e ore in questo posto, spesso seduta sul retro a giocare con i miei cugini. Nel frattempo, mia madre e zia Lea si occupavano dei clienti davanti. È qui che ho imparato così tante cose sulla mia famiglia e sull'essere una strega. Il retro del negozio era pieno zeppo di praticamente tutto ciò che si potesse immaginare. A prima vista, tutto poteva sembrare piuttosto innocuo. Vendevamo cose come tinture di erbe e rimedi omeopatici e simili. Cose del genere andavano pazze al giorno d'oggi.

Eppure, accanto a quelle bottiglie c'erano pozioni che contenevano vera magia. Quando si diffusero le varie mode della magia, iniziammo a vendere bacchette. Dovevamo stare super attenti a non vendere bacchette con vero potere. Ce n'erano alcune sparse qua e là. Solo un'altra strega o stregone le avrebbe riconosciute a colpo d'occhio. Una volta mi sono divertita con uno dei miei cugini. Una cliente veniva ogni estate, immancabilmente. Era prepotente e arrogante. Suppongo fosse giusto dire che aveva troppo tempo libero. Ad ogni modo, le vendemmo una bacchetta con vera magia dopo averla imbevuta di un incantesimo per rompere le cose.

Oh, le storie che sentimmo nelle settimane successive furono divertenti! Rompeva cose a destra e a manca. Alla fine riportò la bacchetta, dichiarando di essere convinta che fosse la fonte di tutta la sua porcellana rotta. Sebbene potessi vedere l'incredulità nei suoi occhi, c'era stato un luccichio. Ancora oggi, sono sicura che non fosse una strega, ma aveva avuto un assaggio della verità. Solo che era stato un inconveniente e piuttosto debole. Ci eravamo assicurati che l'incantesimo per rompere funzionasse solo su oggetti piccoli e innocui.

Come al solito, Persnickety Potions & Gifts era affollato. I turisti diminuivano leggermente in inverno, ma dalla primavera all'autunno, Charm Cove era pieno di visitatori. Due dei miei cugini più giovani erano occupati ad aiutare i clienti. Gli feci un rapido cenno con la mano e mi infilai dietro il bancone alla ricerca di zia Lea. La tenda di perline tintinnò delicatamente mentre la attraversavo per trovarla intenta a guardare uno degli scaffali sul retro.

«Zia Lea», dissi, cercando di dare un tono severo alla mia voce.

Lei si girò di scatto, con un sorriso che le illuminava il viso. Ignorò completamente il mio tono, facendo un passo verso di me e avvolgendomi in uno dei suoi abbracci profumati al rosmarino.

«Ciao, cara, sono così felice che tu sia tornata a casa. Finalmente.»

Oh, per l'amor del cielo. Zia Lea e mia madre erano due gocce d'acqua. Erano convinte che questa fosse la decisione definitiva. Questa era una decisione provvisoria dato che ero tra un lavoro e l'altro, ma trattenni un sospiro. Ricambiando il suo abbraccio, mi allontanai rapidamente, mettendo le mani sui fianchi.

«Zia Lea, ero qui due settimane fa. Come sai, ho deciso di lasciare il mio lavoro. Grazie a te.» Socchiusi gli occhi, fissandola. «Fortuna che non ho l'abitudine di lanciare incantesimi per tormentare le persone.» Al suo alzare gli occhi al cielo, continuai. «Ripensandoci, lancerei un incantesimo d'amore su zio Jacob per farlo innamorare di qualcun'altra.»

Zia Lea sorrise. «Non funzionerebbe cara. Lui è più potente di te. Inoltre, siamo troppo vecchi. Gli incantesimi d'amore funzionano davvero solo sui giovani. Almeno per più di un minuto. Comunque, perché è colpa mia se hai lasciato il lavoro?»

Fu il mio turno di alzare gli occhi al cielo. «Apprezzo che tu sia stata fedele alla tua parola e abbia rotto il tuo incantesimo d'amore originale su Brian, ma quel stupido incantesimo è ciò che ha dato inizio a tutto questo pasticcio. Avevi il mio stupido capo che sbavava per me. Ora è tutto concentrato sulla receptionist, ma Kristy pensa che sia tutta colpa mia.»

Zia Lea non sembrava minimamente dispiaciuta. In effetti, si era già voltata e stava ordinando una piccola scatola di bottiglie.

«Ad ogni modo, Kristy ha fatto i capricci e ha sostenuto di sentire che ricevevo un trattamento di favore o qualche assurdità del genere. Le risorse umane volevano che partecipassi a un incontro con lei, e ho deciso che era ora di andarmene. È meglio così. Posso anche saperlo, ma non significa che apprezzo minimamente quello che hai fatto. Non azzardarti a fare scherzi con gli incantesimi ora che sono a casa. Oh, e non dare per scontato che rimarrò. Mi prendo qualche settimana per capire cosa fare dopo.»

Zia Lea si voltò di nuovo verso di me, alzando una mano per sistemare uno dei bastoncini cinesi che spuntavano dallo chignon in cima alla testa. Giuro che quella donna aveva più bastoncini cinesi di chiunque altro conoscessi. Li usava esclusivamente per raccogliersi i capelli. «Come vuoi, cara. Sei qui per restare. Lo so io e lo sai tu. Inoltre, zia Penelope l'ha visto.»

«Visto cosa?»

«Che saresti tornata a casa per restare. Finalmente, tu e Liam risolverete quel pasticcio che hai creato qualche anno fa. Non si può giocare con il destino. Anche se sei una strega», disse con un gesto teatrale della mano.

«Come vuoi», fu la mia brillante risposta. Avevo imparato molto tempo fa che non valeva la pena discutere con nessuno della mia famiglia. Non quando si trattava delle loro opinioni sul destino e simili. Ero maledetta con un nome che significava *fato o destino*. Come se ci fosse una grande differenza. Se ne avessi avuto la capacità quando ero neonata, avrei agitato il pugno contro i miei genitori quando scelsero il mio nome.

«Abbiamo finito?» chiese zia Lea.

«Finito cosa?»

«Tu che sei infastidita per quel sciocco incantesimo d'amore che ho lanciato sul tuo capo. Il fatto che sbavasse per te è stato un incidente, che ho rettificato.»

Un'altra cosa che mi faceva impazzire della mia famiglia era che non potevo restare arrabbiata con nessuno. Non importava quanto fossero ficcanaso, invadenti e stregati, io li amavo. Sospirai. «Va bene. Ho detto la mia.»

«Bene. Perché abbiamo bisogno del tuo aiuto.»

«Aiuto per cosa?»

Prendendo una piccola bottiglia di un rimedio a base di erbe, la fece girare distrattamente tra le dita mentre appoggiava i fianchi contro il bancone che correva lungo la parete posteriore. «Beh, questo pasticcio con Alvin Pearson annegato nella fontana è un problema. Le voci sono pazzesche. Onestamente, non so cosa sia successo. Qualcuno ha lanciato un incantesimo andato storto. Almeno, questo è ciò che pensa Jacob.»

Jacob Good era il marito di zia Lea. Capitava anche che fosse lo zio di Liam e un potente stregone. Affinché non ti preoccupi che Liam e io fossimo parenti. Puah! Assolutamente no! Il matrimonio di Lea e Jacob era il legame che univa i Wicked e i Good per la loro generazione. Tra le altre cose, Jacob era molto bravo a percepire quando e dove venivano lanciati gli incantesimi. A volte, la sua precisione era abbastanza affilata da individuare chi avesse lanciato l'incantesimo. Nel folle mondo delle streghe e degli stregoni, era noto come un sensore.

Se Jacob pensava che qualcuno avesse lanciato un incantesimo che aveva qualcosa a che fare con la morte di Alvin, era molto probabile che fosse vero.

«Allora, chi pensa che sia stato?» chiesi, decidendo di tenere per me i miei sospetti.

«Questo è il problema. Non ne è sicuro. Chiunque l'abbia fatto non è molto potente. Tutto ciò che ha potuto percepire è stata la traccia. Certo, è passata una settimana e mezzo da quando hanno trovato il corpo di Alvin. Con Alvin morto, Jacob non ha alcuna pista da seguire. La mia ipotesi è che si tratti di qualcuno giovane. Anche nelle famiglie meno potenti, se sono più anziani, hanno usato i loro poteri per molto tempo. Ma se sono giovani e freschi, beh, sai cosa succede con questo.»

Mi morsi la lingua. Una volta ero stata giovane e sciocca anch'io. Comunque sia. Ora ero tornata e non potevo disfare quel pasticcio. Almeno, Liam ora era divorziato.

«Quindi, come posso aiutare?» chiesi, scegliendo di ignorare la sua osservazione sul mio incantesimo andato storto qualche anno fa.

«È semplice. Sei stata via, quindi le persone sono più propense a spettegolare con te», rispose zia Lea con un'elegante alzata di spalle.

«Eh? Come può essere d'aiuto?»

«Tutti vorranno chiacchierare. Puoi semplicemente fare la finta tonta. Naturalmente, i pettegolezzi in città sono che o l'abbiamo fatto noi, o uno dei Good l'ha fatto. Santo cielo, la gente è così sciocca. Solo perché i Wicked e i Good sono potenti, non significa che l'abbiamo fatto noi. Non siamo così stupidi», disse con uno sbuffo. «Quel dannato cambio di zonizzazione ha colpito molte famiglie. Secondo i miei calcoli, metà della città aveva buone ragioni per essere arrabbiata con Alvin Pearson. Quindi inizia semplicemente a essere curiosa. Inoltre, hai un accenno del potere di Mémé.»

Il suo commento mi sorprese, ma lei continuò. «Se non te ne fossi andata, avremmo potuto aiutarti a perfezionare quel potere», disse con uno sbuffo.

«Il potere di Mémé?»

Mémé era mia nonna materna. La mia famiglia portava la sua storia francese e irlandese come un distintivo d'onore. C'era anche il fatto che eravamo nel Maine, dove la roccaforte dei franco-canadesi nel sud del Canada diffondeva la sua influenza in profondità nel Maine, da qui l'uso comune di Mémé per nonna da queste parti. Mémé era stata una strega molto potente ai suoi tempi. Era morta quando ero al liceo, e non pensavo che avrei mai smesso di sentirne la mancanza.

Zia Lea sbuffò di nuovo, appoggiando una mano sul fianco. Oggi indossava un'altra gonna fluente. Questa era viola brillante e abbinata a una camicetta bianca con maniche svolazzanti. Nel complesso, presentava un'immagine di eleganza disordinata. Agitò le dita verso di me con un giro degli occhi. «Cara, il potere ti viene dato, ma devi imparare a usarlo. Mémé era una delle poche che poteva veramente vedere. Ce l'hai anche tu, ma te ne sei andata e hai rinnegato l'essere una strega», disse, con incredulità che trasudava dalle sue parole.

«Sai che c'è? Lascia perdere. Me ne sono andata. Molte persone crescono e vanno avanti. Non vi ho mai tagliato fuori dalla mia vita. Volevo solo... volevo vedere com'era essere normale. Tutto qui. Ora so che non è possibile, quindi va bene. Ad ogni modo, qual è il punto? Non c'è modo che io possa essere all'altezza del potere di Mémé, quindi non farti illusioni.»

Gli occhi di zia Lea si illuminarono per un attimo e prima che me ne rendessi conto, mi stava tirando in un altro abbraccio. Ritraendosi, mi prese le guance tra le mani. «Sono così sollevata che tu capisca che non puoi più voltare le spalle alla tua eredità.»

Naturalmente, questo fu detto in modo piuttosto drammatico perché era impossibile per zia Lea non essere drammatica. «Non sto voltando le spalle a nessuno», dissi, dandole dei colpetti sulle mani e facendo un passo indietro. «Quindi qual è il punto su Mémé?»

Annuì, tornando subito agli affari. «Oh, solo che se fosse qui, potrebbe essere in grado di capire cosa è successo. A volte le bastava toccare gli oggetti usati negli incantesimi e poteva vedere cosa era accaduto. Non che pensi che tu possa farlo perché quel tipo di potere le ha richiesto decenni per affinarlo. Dovresti fare una visita alla fontana e vedere cosa salta fuori.»

Mi resi conto che la mia bocca si era spalancata e la richiusi rapidamente. Santo cielo. Tornare a Charm Cove era come entrare in un altro mondo, un mondo molto strambo. Non è che non lo sapessi. *Ero* cresciuta qui, ma qualche anno lontano dalle conversazioni quotidiane su poteri e incantesimi e così via, e chiaramente avevo dimenticato com'era.

Zia Lea, ignara dei miei pensieri, continuò. «Ancora *non posso* credere che tutti presumano che sia stato un Wicked o un Good a fare questo. Le nostre famiglie vengono incolpate di tutto.»

Decisi di rimanere in silenzio sul fatto che in realtà c'erano ottime ragioni per questo. In diversi momenti delle nostre intrecciate storie, le nostre famiglie non erano state così innocue. Incantesimi lanciati su vari membri della famiglia in entrambe le direzioni avevano portato a malattie e morti a volte. Una volta c'era stato persino un duello.

Solo a Charm Cove sarebbe stato un imbarazzo che ci fosse stato un duello. Entrambe le famiglie consideravano quel piccolo incidente una macchia sulla nostra storia. Voglio dire, le streghe e gli stregoni non avevano bisogno di pistole. Così sciocco. Nessuno vinse, comunque.

Sentii il mio nome dalla parte anteriore e poi uno dei miei cugini che rispondeva qualcosa. Prima che me ne rendessi conto, la mia amica Zoe stava attraversando la tenda di perline.

«Sei qui!» esclamò.

«Ehi, Zoe!»

Sebbene fossi stata qui due volte nell'ultimo mese, entrambe le visite erano state brevi, e non avevo avuto la possibilità di visitare Zoe. Essendo cresciuta qui, avevo un certo numero di amici, ma lei era una delle più strette.

Zia Lea le fece l'occhiolino e poi salutò entrambe con la mano. «Pensa a quello che ho detto», disse con un elegante agitare dell'indice prima di riattraversare la tenda di perline verso l'ingresso. «Voi ragazze potete restare qui quanto volete», gridò da sopra la spalla.

Nel momento in cui zia Lea fu fuori portata d'orecchio, guardai Zoe. «Non c'è modo al mondo che ci aggiorniamo qui.»

Zoe ridacchiò. «Decisamente no. Ho visto la tua auto e ho pensato che forse potevamo prendere qualcosa per pranzo.»

«Andiamo. Dove vuoi andare?»

«Andiamo al Charm Café.»

Un altro effetto collaterale occasionalmente fastidioso di vivere in un posto chiamato Charm Cove era che quasi tutto era chiamato con qualche variazione di *charm* inserita lì.

# CAPITOLO OTTO

Non molto dopo, Zoe e io eravamo sistemate a un tavolo del Charm Café. Questo era uno dei tanti ristoranti affollati di Charm Cove. In effetti, abbiamo dovuto aspettare ben venti minuti solo per ottenere un tavolo. Nonostante la folla, abbiamo avuto fortuna. Il nostro cameriere era uno dei cugini di Zoe, e ci ha dato un ottimo tavolo nell'angolo. C'erano finestre su entrambi i lati dell'angolo, che offrivano una splendida vista sul porto di Charm Cove. Mentre Zoe rispondeva velocemente a una telefonata, mi sono presa un momento per assaporare il panorama familiare.

Da qui si vedeva l'intera baia. Le barche ondeggiavano nell'acqua ai moli del porto. Sul lato opposto della baia, le onde si infrangevano dolcemente contro le rocce. Era ancora fresco per essere primavera, ma c'erano molte persone che passeggiavano lungo la spiaggia nel tratto sabbioso tra le rocce. Il sole era alto nel cielo e si rifletteva sulle acque oltre la baia. Charm Cove si trovava circa a metà della costa del Maine. Questa parte del Maine era punteggiata di isole, alcune delle quali erano visibili da qui. In lontananza si vedeva un piccolo faro. Era ancora in uso e tra i turisti circolava la voce che fosse infestato.

Quello che loro non sapevano era che apparteneva semplicemente a una famiglia di streghe. Il faro aveva cambiato proprietà diverse volte nel corso dei secoli. Al momento, era di proprietà di uno dei Good.

Zoe terminò la chiamata e infilò il telefono nella borsa. La guardai e sorrisi. Era quasi esattamente come quando eravamo insieme al liceo. Aveva ancora i capelli scuri e ricci, occhi marroni scintillanti, guance rotonde e lentiggini. Una volta odiava quanto fosse carina.

Appoggiò i gomiti sul tavolo. «Allora si dice che sei tornata a casa per sempre. Ti prego, dimmi che è vero».

«Credimi. Sono al corrente delle voci. Conosci la mia famiglia. Mamma e zia Lea sono già convinte che sono tornata per affrontare il mio destino. Qualunque cosa significhi».

«Oh, non lasciarti influenzare. Ignorale e basta. Però probabilmente hanno ragione».

«Non osare iniziare anche tu!»

Zoe scoppiò a ridere. «Scusa. Non ho resistito».

«Liam si è sposato con un'altra, quindi sono abbastanza sicura che tutta questa storia del *destino* sia andata in pezzi».

«È già divorziato. Destino o no, non puoi negare che ora sia una possibilità».

Alzai gli occhi al cielo. «Come vuoi. Cambiamo argomento». Preferivo non soffermarmi troppo su Liam, non quando il solo vederlo mi turbava in modi che pensavo di aver superato da tempo.

«Va bene. Raccontami cosa è successo con il tuo lavoro».

Le raccontai rapidamente del piccolo scherzo di zia Lea con l'incantesimo d'amore sul mio capo. Zoe lo trovò esilarante. Certo, in effetti lo era, eccetto per il fatto che ero stata la vittima inconsapevole del suo amore per una settimana e poi mi ero sentita costretta a dimettermi per non affrontare le conseguenti stupidaggini. Anche se potevo ammettere che era giunto il momento di andarmene perché non ero felice lì, avrei preferito farlo con i miei tempi.

«Comunque, non crederai a ciò che zia Lea vuole che faccia adesso».

«Cosa?» chiese Zoe.

«Conosci tutta quella storia di Alvin Pearson?»

«Oh mio Dio. Come faccio a non averne sentito parlare? Daniel sta gestendo quel caso e lo sta esaurendo. Tutti discutono e tutti pensano che l'abbia fatto qualcun altro. Ovviamente, la tua famiglia è una dei due principali sospetti. Sono sempre i Wicked e i Good».

Mi attorcigliai una ciocca di capelli intorno al dito e sospirai. «E ti chiedi perché me ne sono andata? Riguarda *sempre* i Wicked e i Good, e io sono una di loro».

Zoe ridacchiò. «Verissimo, ma sei fantastica, quindi sono felice che tu sia a casa. Comunque, la gente dice che tu e Liam siete fuori dai sospetti perché nessuno dei due era in città».

«Però eravamo lì quando lo hanno trovato. Come fai a sapere che Liam era fuori città?»

Con un'alzata di sopracciglio, Zoe sorrise. «Ti chiedi come facevo a sapere dov'era Liam, eh?»

«Oh, per favore. Potresti informarmi?»

«D'accordo. Secondo il medico legale, Alvin è annegato ore prima. Tu eri appena arrivata in città, e così anche Liam. Si era trasferito a Boston dopo essersi sposato e, come te, sta tornando a casa ora».

Scegliendo di ignorare i commenti di Zoe su Liam, mantenni il focus su Alvin. «Sanno quando è annegato esattamente?»

Zoe annuì. «Il medico legale ha stimato che l'ora della morte fosse circa sei ore prima del ritrovamento. Non eri ancora in città, giusto?»

«No, sicuramente non sei ore prima. Ero arrivata solo da circa mezz'ora. Quindi cosa pensa Daniel?» chiesi, riferendomi al capo della polizia che guarda caso era il marito di Zoe.

«Lo conosci. Anche se è sposato con me, e sono una strega, lui considera sempre quella come l'ultima opzione. Continua a dire che deve trattarsi del rasoio di Occam. La spiegazione più semplice è che qualcuno ce l'avesse con Alvin per le modifiche alla zonizzazione. Lascia che ti dica, la lista dei sospetti per questo è maledettamente lunga. Come diavolo pensa Lea che tu possa aiutare?»

«Oh, lei pensa che più persone parleranno con me perché ultimamente non sono stata molto qui».

Zoe scoppiò a ridere. «Beh, probabilmente ha ragione su questo. Non sei stata in giro, quindi tutti ti considereranno carne fresca».

Facemmo una pausa quando il nostro cameriere arrivò per riempire i nostri bicchieri d'acqua e prendere l'ordinazione. Zoe mi spronò: «Devi prendere un panino all'astice. Quando è stata l'ultima volta che hai mangiato un buon panino all'astice del Maine?»

«Qualche settimana fa», dissi ridendo. «Ma ne prenderò comunque uno».

Il cameriere si allontanò promettendo che i nostri panini all'astice sarebbero stati pronti nel giro di pochi minuti.

In quel momento, Opal Good entrò nel caffè. Essere una Good significava che Opal era una strega, una molto potente per giunta. Nella mia generazione si era affievolito, ma per secoli c'erano state discussioni su quale famiglia di streghe fosse più potente: i Wicked o i Good. In tutta onestà, la risposta era nessuna delle due. Entrambe erano piene di schiere di streghe e stregoni. Alcuni individui potevano essere stati più potenti in vari momenti, ma nel complesso le differenze erano minuscole.

Come se la nostra presenza fosse un magnete, gli occhi di Opal si posarono su Zoe e me nell'angolo. Ignorando la cameriera che cercava di indirizzarla in un'altra direzione, Opal si diresse verso il nostro tavolo. Era alta e imponente con i capelli argentati raccolti strettamente in uno chignon. Indossava pantaloni neri e una camicetta bianca, dandosi un'aria severa.

Fissandomi con i suoi occhi azzurri brillanti, appoggiò una mano sul fianco, il suo sguardo mi stava studiando. «Bene, quindi le voci sono vere. Ho sentito che sei tornata a casa per *sempre*».

Mise un po' troppa enfasi sulla parola *sempre* per i miei gusti. Mi sforzai di non essere sarcastica fin dall'inizio, quindi mi trattenni. Opal era una delle zie di Liam. Era furiosa con me quando me ne andai.

«Hai già visto Liam?» chiese, senza nemmeno preoccuparsi di fare quattro chiacchiere di cortesia.

Sorrisi tesa e scossi la testa, mantenendo la mia espressione calma, e cercando di girare il braccialetto che non avevo al polso. Per la maggior parte della mia infanzia, avevo indossato un bracciale con ciondoli e avevo l'abitudine di giocherellarci. Anche se non lo indossavo da qualche anno, ancora inconsciamente lo cercavo. Non avendo nulla con cui armeggiare, optai per l'anello al dito, girandolo in cerchio. Quando le nostre rispettive famiglie avrebbero capito che ficcare continuamente il naso nelle cose altrui non era d'aiuto? Destino a parte, se Liam e io avessimo mai dovuto chiarire le cose, non sarebbe stato perché le nostre famiglie impiccione e presuntuose l'avessero reso possibile.

«No, non l'ho visto. Sono sicura che succederà. Solo per tenere a bada il mulino delle voci, potrei o non potrei essere tornata per sempre», dissi infine.

Opal sorrise con aria furba. «Qualunque cosa tu voglia pensare non cambierà il destino, cara. Il suo divorzio è stato finalizzato proprio il giorno prima che lo vedessi due settimane fa. Se questo non ti dice tutto, non so cosa lo farà. Stavolta cerca solo di non essere imprudente con i tuoi incantesimi».

Decisi che poiché stava essendo palesemente scortese, avrei seguito la stessa strada. «Dimmi, Opal. Tutti continuano a chiedermi di Alvin. Tu cosa sai?»

Opal afferrò una sedia dal tavolo accanto a noi, senza nemmeno preoccuparsi di chiedere alle persone sedute lì se andava bene prendere la sedia.

«Opal, non puoi semplicemente prendere quella sedia. E se stessero aspettando qualcuno?» sussurrai.

Si girò, puntando il suo sguardo affilato su di loro. «Vi serve questa sedia?»

I due turisti, perplessi dalla scortesia di Opal, scossero semplicemente la testa. «Non ci serve», rispose infine l'uomo.

Opal si voltò di nuovo verso di noi con un'elegante scrollata di spalle e un'alzata di sopracciglia. «Vedi, non gli serve. Comunque, Alvin. Santo cielo, è tutto ciò di cui la gente parla, e si dà semplicemente per scontato che un Wicked o un Good c'entrino qualcosa. Mi viene mal di testa solo a pensarci».

Zoe incrociò il mio sguardo, guardando tra Opal e me. «Non è sempre così?» chiese.

Opal scrollò le spalle, appoggiandosi allo schienale della sedia e tamburellando con le unghie rosse sul tavolo di legno. «Forse, ma siamo nel XXI secolo. I Wicked e i Good sono ben oltre i vecchi tempi. Voglio dire, è passato più di un secolo da quando qualcuno in entrambe le famiglie ha ucciso qualcuno con un incantesimo».

Lo disse come se fosse qualcosa di cui essere orgogliosi. Non potei resistere all'impulso di commentare. «Sul serio, Opal? Non è esattamente un motivo di orgoglio congratularci per non esserci uccisi a vicenda o per non aver ucciso altri. Le nostre famiglie erano l'una contro l'altra - in più di un modo. È giusto dire che in passato ci siamo guadagnati la reputazione».

Opal mi fissò con i suoi occhi azzurri, socchiudendoli. «Lascia che il passato resti nel passato».

«Per favore. Non esiste una cosa del genere come il passato che resta nel passato qui intorno. Basta andare a visitare il tuo negozio o quello di zia Lea. Gli scaffali sul retro sono pieni di antichi rimedi, e metà della ragione per cui me ne sono andata era per sfuggire a tutti quelli che mi dicevano che il mio destino era legato al nostro passato. Quindi il passato non è assolutamente il passato. Non qui intorno».

Zoe ridacchiò, fermandosi quando arrivò il nostro cameriere.

«Posso portarle qualcosa?» chiese a Opal.

«Caffè, per favore. Nero», rispose.

«Qualcosa per pranzo?» chiese.

Opal scosse la testa. «No, grazie».

«Va bene. I vostri panini all'astice saranno pronti tra qualche minuto», disse, guardando tra Zoe e me.

Si spostò per controllare un tavolo vicino. Nel frattempo, Zoe tornò all'argomento di discussione. «Dico di non preoccuparsi di ciò che pensano gli altri. Daniel ci sta lavorando, ed è convinto che non abbia nulla a che fare con incantesimi andati storti tra le due famiglie. Sono sicura che restringerà il campo su chi potrebbe essere coinvolto, se c'è qualcuno».

Opal intervenne. «Ho sempre detto che potrebbe non esserci nulla di sospetto in tutto questo. Tutti in città sapevano che Alvin aveva problemi di alcolismo. La spiegazione più ovvia è che si sia ubriacato all'Enchanted Spirits, abbia iniziato a camminare verso casa e sia caduto nella fontana lungo il cammino».

Zoe annuì. Volevo essere d'accordo, ma il mio istinto mi diceva il contrario. Sapendo che zio Jacob aveva rilevato le tracce di un incantesimo lanciato, e la mia stessa reazione. Solo a pensarci adesso, le mie dita formicolavano di nuovo.

Jacob era il fratello maggiore di Opal, a proposito. Era furiosa, o almeno così avevo sentito, quando lui e zia Lea si sposarono. Anche se era pienamente a favore del destino e tutto il resto, lei e Lea apparentemente non andavano molto d'accordo al liceo. Anche se quell'acqua era passata sotto i ponti da decenni ormai.

Qualcuno si fermò a salutare Zoe, mentre Opal rispondeva a una telefonata. Mi guardai intorno nel ristorante. Il Charm Café era ospitato in quella che una volta era una casa con vista sul porto. Era una classica casa in stile Cape. I nuovi proprietari avevano ristrutturato l'intero piano terra trasformandolo nell'area di ristorazione del caffè con un bar su un lato. Finestre alte abbastanza da starci in piedi all'interno diffondevano la luce in tutto lo spazio con i pavimenti in legno lucido che brillavano sotto il sole. La cucina era al piano di sopra e il cibo veniva servito attraverso un montacarichi dietro il bar.

C'era qualcosa in questo spazio che semplicemente trasmetteva l'essenza del Maine. Forse era la vista sulla costa rocciosa e sull'oceano che si estendeva in lontananza. Forse era la vecchia atmosfera della casa con la sua eleganza vissuta. O forse era il fatto che potevo guardarmi intorno e non sentirmi così sola.

Sebbene avessi fatto amicizia nei pochi anni in cui avevo vissuto lontano da qui, c'era sempre una corrente sotterranea dentro di me. Perché non è come se potessi essere onesta riguardo alla mia storia. Non è come se le streghe non potessero mescolarsi nel mondo reale. Quella era la parte facile. Streghe e stregoni lo avevano fatto sin dall'inizio dei tempi.

Eppure, chi eravamo era sempre la verità che doveva rimanere nascosta a meno che non sapessimo di essere tra coloro che consideravamo sicuri. Era un sollievo sapere che ero tra amici e tra coloro che sapevano esattamente chi ero e cosa ero. Non solo non lo ritenevano assurdo, ma pensavano il contrario: era assurdo desiderare di perdere i miei poteri.

Il nostro cameriere portò i nostri panini all'astice con il caffè di Opal. Dopo che Opal ebbe terminato la sua chiamata e mentre ero a metà di un morso delizioso del panino all'astice, mi fissò di nuovo con i suoi occhi azzurri. Il suo sguardo era così simile a quello di Liam, sembrava strano. «Allora, qual è il tuo piano?» chiese, con tono deciso.

Finii di masticare e bevvi un sorso d'acqua, prendendomi un momento per raccogliere i miei pensieri. «Che cosa intendi?»

«Beh, ho incontrato Lea l'ultima volta che sei stata qui. Ha detto che eri tutta sconvolta per quello stupido incantesimo d'amore. Sai che era solo uno scherzo. Solo la tua famiglia è così imprudente con gli incantesimi», disse con decisione.

Per un momento, mi sentii in imbarazzo. Senza nemmeno darmi la possibilità di rispondere, continuò. «Comunque, Liam ha divorziato. Tu sei qui. Lui è finalmente tornato a casa. La tua famiglia e la nostra credono che sia ora di affrontare il tuo destino».

Bevendo un altro sorso d'acqua, notai il sorriso malizioso di Zoe. Si era sempre divertita con le macchinazioni della mia famiglia e di quella di Liam. Grazie al cielo era mia amica. Era un filo di sanità mentale nella mia vita a volte altrimenti caotica qui a Charm Cove. Ignorandola, incontrai lo sguardo determinato di Opal. «Opal, sono tra un lavoro e l'altro. Sono tornata a casa per capire cosa avrei fatto dopo. Tutto qui».

Opal prese un lento sorso di caffè, osservandomi tutto il tempo. «Va bene. Spero che questa volta tu sia meno imprudente con la tua magia».

Mi morsi la lingua per evitare di scattare contro di lei, prendendo deliberatamente un altro morso del mio panino all'astice e masticando, piuttosto forte. Ero così stanca che tutti mi rimproverassero per quel stupido incantesimo andato storto.

Se ti stai chiedendo cosa sia successo, ecco. Liam e io abbiamo iniziato a frequentarci al liceo. Niente di che. Uscire insieme era un rituale di passaggio piuttosto normale al liceo. Naturalmente, poiché io ero una Wicked e lui era un Good, ci furono mormorii tra le nostre famiglie e nella comunità. Circolavano voci secondo cui eravamo la coppia Wicked-Good destinata per questa generazione. Parlando di pressione.

Da quando accadde il brutto evento, circa tre secoli fa, quando uno degli uomini Good che aveva sposato una donna Wicked ebbe una relazione, le cose diventarono brutte. Siamo realistici. Questo accadde all'epoca delle lettere scarlatte e simili. Mentre gli uomini avevano molta più libertà delle donne, non era una cosa accettabile. La donna

Wicked tradita lanciò un incantesimo, non inteso a uccidere. Tuttavia, suo marito lanciò un incantesimo di ritorno.

A volte nel nostro mondo, gli incantesimi possono collidere. Fu esattamente ciò che accadde in questo caso. Gli incantesimi appiccarono un incendio in una sezione della foresta vicina. Entrambi coinvolti nel lancio degli incantesimi si bruciarono. Letteralmente.

Nessuno dei due morì. Tuttavia, l'animosità creata esplose. Le due famiglie che erano venute a fondare Charm Cove insieme si spezzarono su questo. Per un'intera generazione, si parlarono a malapena. Potevo solo immaginarlo. Una piccola città sulla costa battuta dal vento del Maine ai tempi in cui le persone avevano bisogno di fare affidamento l'una sull'altra, con due potenti famiglie in conflitto. Entrambe avevano ampi poteri per rendere la vita miserabile l'una all'altra.

Se la leggenda è corretta, ci fu ogni tipo di malefatta all'epoca. Incantesimi maggiori e minori lanciati da entrambe le parti con alcune morti nel mix. Dopo troppi problemi per troppo tempo, le potenti matriarche in entrambe le famiglie dichiararono che l'unico modo per mantenere la pace era che ci fosse un matrimonio tra un Wicked e un Good in ogni generazione. Dichiararono che questo avrebbe mantenuto la pace.

La storia racconta che il primo matrimonio fu combinato. Entrambi apparentemente vi si opposero. Ma prova tu a lottare contro il potere di due antiche streghe. Credimi, non è un'impresa facile ed è essenzialmente impossibile. Anche se per caso sei una strega tu stessa. Oh, beh, oh, diavolo.

Dopo di che, così dice la storia, sarebbe successo che in ogni generazione, un Wicked e un Good si sarebbero innamorati. Zia Lea e zio Jacob erano stati la coppia per la generazione di mia madre e di Opal. Una volta che Liam e io avevamo iniziato a frequentarci, tutti più anziani di noi nelle nostre famiglie dichiararono che era destino. All'epoca, eravamo giovani e non davamo molto peso alla cosa.

Poi, arrivò l'università, e Liam, per quanto fosse bello, aveva molti occhi puntati su di lui. Vedi, qui a Charm Cove, anche se altre ragazze lo trovavano attraente quando uscivo con lui, se ne tenevano alla larga. Benché non tutte le famiglie di Charm Cove conoscessero con certezza i poteri delle nostre rispettive famiglie, nessuno voleva mettersi contro di noi. Ma la scena universitaria a Boston era tutt'altra cosa.

Ero giovane e sciocca. C'era questa ragazza che semplicemente non smetteva di flirtare con lui. Decisi di lanciare un incantesimo, con l'idea di rendere la vita un po' miserabile per lei. Ma non conoscevo l'estensione dei miei poteri. Anche se non ero stupida e conoscevo le possibilità, ho accidentalmente bruciato l'intero edificio. Nessuno si ferì, e lei stava bene, ma questo ci separò. Perché lui era furioso che io dubitassi di lui.

I resti di quell'edificio carbonizzato erano ancora visibili a Boston dove entrambi frequentavamo l'università all'epoca. Non c'era un dannato niente che potessi fare al riguardo ora. Le nostre famiglie si erano date molto da fare per ripulire il pasticcio e assicurarsi che nessuno potesse collegare quell'incendio casuale a me, o a Liam.

La donna in questione aveva finito per sposarlo. Quello era successo appena un anno e mezzo fa, e apparentemente il loro divorzio era ora definitivo. Cosa potevo persino dire a Opal sul destino?

Guardandola, scrollai semplicemente le spalle. «Naturalmente, non sarò così imprudente con la magia. Se c'è una cosa che ho imparato, è di non sottovalutare mai i miei poteri».

Gli occhi di Zoe si allargarono, e potevo vederla trattenere una risata. Nel frattempo, Opal mi fissava. Rimase in silenzio per un momento prima di buttare indietro la testa in una risata.

«Bene, sembra che tu possa avere la testa a posto adesso». Il suo telefono vibrò da dove l'aveva appoggiato sul tavolo. Lo girò, guardando lo schermo. «Devo andare, cara, ma ricorda le mie parole. È solo questione di tempo», disse con decisione.

Dopo che Opal se ne andò, Zoe e io finimmo di mangiare in tranquillo compagnia. Il nostro cameriere sparecchiò i piatti e lasciò il conto. Solo allora feci riferimento ai commenti di Opal. «Mi verrà la lingua consumata stando di nuovo qui».

Zoe ridacchiò. «Cosa vuoi fare? Ignoralo e basta».

«Facile per te dirlo», ribattei.

«Lo so. Non sono io quella con il peso del destino sulle spalle. Dico solo che è così che stanno le cose».

«Lo so». Cambiando argomento, chiesi: «Quindi, seriamente, pensi che la morte di Alvin sia stato solo un incidente?»

Zoe rimase in silenzio per un attimo prima di scrollare le spalle. «Non credo. Penso che sia solo questione di capire chi e perché».

Le mie dita formicolarono a quel pensiero. «Fammi un favore. Tienimi aggiornata su ciò che senti da Daniel. Farò un po' di indagini per conto mio».

# CAPITOLO NOVE

Dopo pranzo con Zoe, tornai a piedi verso la mia auto, riflettendo sul da farsi. Dovevo risolvere la mia situazione lavorativa. Tuttavia, non mi sentivo particolarmente motivata. Dio solo sa perché avevo scelto la finanza. Era piuttosto arida e noiosa. Sapevo che se avessi chiesto in giro tra i miei familiari, avrei ricevuto offerte da tutte le parti. Zia Lea sarebbe stata felice di avermi a lavorare da Persnickety Potions & Gifts, e mia madre sarebbe stata contenta di farmi aiutare con la sua gestione immobiliare. La nostra famiglia possedeva molte case e attività in città, così tante che mia madre alla fine aveva formalizzato la gestione perché altrimenti sarebbe stato troppo difficile. Eppure, non ero ancora pronta a decidere.

D'impulso, una volta raggiunta l'auto, mi girai e attraversai la strada verso il parco cittadino. Entrando dal cancello in ferro battuto, mi guardai intorno. Il parco stesso misurava circa ottocento metri quadrati. Questo era comune per le piccole città del New England. Era circondato su tutti i lati da decorative recinzioni in ferro battuto con pilastri in granito. C'erano quattro ingressi, uno al centro di ogni lato, con un arco sopra. Il corvo era un simbolo della città, con corvi decorativi collocati in vari punti del parco.

Come evocato dal solo pensiero, un corvo mi volò accanto, gracchiando e atterrando su una panchina di granito lì vicino. In ogni angolo c'era un piccolo giardino con panchine, fiori e cespugli. Alte querce e betulle erano sparse per tutto il parco. Proprio al centro, principalmente per Natale, c'era un gigantesco abete balsamico. Respirando profondamente, inalai il fresco profumo di balsamo. Mi fece pensare a casa, e una sensazione di sollievo mi attraversò.

Perché, qualunque cosa accadesse, Charm Cove sarebbe sempre stata casa. I miei piedi seguirono il sentiero di ardesia che serpeggiava tra aiuole che presto sarebbero state inondate di colore. Superai l'abete al centro dirigendomi verso il lato opposto dove si trovava il grande abbeveratoio in granito. Era largo e poco profondo. Proprio per questo era sorprendente che Alvin vi fosse affogato. Era profondo forse sessanta centimetri, lungo circa due metri e largo un metro e venti. Era stato realizzato in un'epoca in cui tutto era decorativo. Era scolpito in granito lavanda, la delicata tonalità lavanda più luminosa alla luce del sole. Il sole scintillava sull'acqua.

Al momento, non c'erano molte persone intorno. Una coppia sedeva su una delle panchine in un angolo, gustando un caffè, e alcuni bambini giocavano dall'altra parte, andando in giro sui loro tricicli.

Era difficile credere che Alvin fosse caduto qui dentro e affogato. Da un lato, l'idea che fosse semplicemente ubriaco e avesse inciampato sulla via di casa era una possibilità. Eppure, avrebbe potuto facilmente sollevare la testa fuori dall'acqua a meno che, naturalmente, non fosse rimasto privo di sensi nella caduta, o fosse semplicemente troppo ubriaco.

Ruotando lentamente su me stessa, esaminai le varie attività commerciali che circondavano il parco. Ce n'erano su tutti i lati. Oltre a Persnickety Potions & Gifts, c'erano numerosi piccoli negozi di souvenir, alcune gioiellerie, gallerie d'arte, negozi di abbigliamento e ristoranti. C'era persino una vecchia tipografia, che si diceva fosse la più antica attività ufficiale della città. The Ink Spot era stata fondata nel 1710, molto prima della Guerra Rivoluzionaria. La stessa famiglia la gestiva ancora oggi. La famiglia Bishop era probabilmente la terza famiglia di streghe più potente della zona.

Erano fuggiti qui durante il culmine dell'isteria a Salem. All'epoca, erano considerati piuttosto progressisti. Per questo avevano fondato la loro tipografia. Diffondeva notizie in tutto il New England con libelli contro l'isteria religiosa e puritana del sud.

C'era anche Enchanted Spirits, un bar molto popolare e probabilmente frequentato da Alvin. I miei occhi tornarono sull'abbeveratoio per cavalli, o meglio sulla fontana come era adesso. Feci scorrere le dita lungo uno dei bordi, chiedendomi se potessi percepire qualcosa di ciò che poteva essere accaduto. Non ottenni nient'altro che un formicolio nelle dita. Non potei fare a meno di riflettere sul commento di Lea riguardo ai poteri di Mémé e alla possibilità che ne avessi un accenno anche io.

Con un cenno del capo, me ne andai, intenzionata a iniziare a fare un po' di ricognizione attraverso i pettegolezzi.

# CAPITOLO DIECI

Rientrando a casa più tardi quella sera, per poco non sono saltata fuori dalla mia pelle quando ho aperto la porta della mia dependance e Ghost mi è caduto di nuovo in testa. Mi sono girata per guardarlo mentre scorrazzava attraverso la stanza. Ha posato il posteriore sul pavimento, con la coda che si muoveva dolcemente avanti e indietro. Era davvero bellissimo con il suo pelo così bianco che quasi brillava. I suoi occhi verde brillante erano attualmente fissi su di me con quella che potevo solo descrivere come un'espressione arrabbiata.

«Ehi, ora vivo qui. Dovremo trovare un modo per andare d'accordo. E andare d'accordo non include saltarmi in testa ogni volta che entro dalla porta», ho spiegato.

L'unica risposta di Ghost è stata continuare a muovere la coda. Mi sono allontanata, appendendo la giacca e gettando le chiavi e la borsa su un piccolo tavolo vicino alla porta. Dirigendomi verso il frigorifero, l'ho aperto, sospirando quando mi sono resa conto che era completamente vuoto.

Era necessaria una rapida corsa al supermercato. Prendendo le chiavi e rimettendomi la giacca, sono uscita. In breve tempo, ho fatto scorta al supermercato. Ero in fila quando ho sentito il mio nome. Girandomi, ho trovato Isobel Martin dietro di me in coda. Isobel sembrava più o meno come l'ultima volta che l'avevo vista, con i capelli castani in un caschetto corto con solo un po' più di grigio. Sembrava sempre come se fosse appena stata colta di sorpresa, con i suoi occhi marroni grandi e rotondi.

«Ho sentito che sei tornata», ha detto Isobel come saluto. «È una fortuna che tu sia qui. Con tutto quello che è appena successo con Alvin, almeno sappiamo che tu sei innocente».

Addio alla conversazione educata. Era andata dritta al possibile omicidio della città. Ho sospirato dentro di me. Isobel era implacabilmente ficcanaso. Anche la sua famiglia faceva parte del mondo delle streghe, ma non avevano la disciplina per affinare i loro poteri e diventare più potenti.

Sono riuscita a fare un sorriso educato e ho cercato di mantenere l'argomento della conversazione più banale. «Bello vederti, Isobel». Stavo per commentare il tempo quando mi è venuto in mente che avrei potuto raccogliere qualche pettegolezzo da lei.

Ho deciso di essere sfacciata quanto lo era stata lei con me. «Chi pensi che l'abbia fatto?», ho chiesto, virando direttamente verso il pettegolezzo sfacciato.

Gli occhi di Isobel si sono leggermente allargati, ma non ha perso un colpo. «Oh, sai chi penso che sia stato? Dolores Lewis. Avresti dovuto sentirla alla riunione del consiglio».

«Quale riunione del consiglio?»

«Oh, quella in cui hanno annunciato le modifiche alla zonizzazione. Ha proprio inveito contro Alvin. Voglio dire, è come se avesse perso completamente le buone maniere. E sai com'è. È un po' ruvida ai bordi, se capisci cosa intendo. Non mi sorprenderebbe *affatto* se lo avesse attaccato. Non riuscivo nemmeno a capire perché fosse così sconvolta. Voglio dire, hanno un'attività. Non vedranno così tanti cambiamenti nelle loro tasse. Alcuni di noi... cioè, beh, siamo colpiti molto più duramente», ha detto con un cenno cospiratorio. «Ma, ehi, non hai sentito questo da me, ok?»

«Oh, non direi nulla. Ero solo curiosa. Non sono stata in giro molto ultimamente, quindi sto solo cercando di mettermi in pari. È un po' folle tornare a casa proprio quando la gente pensa che sia appena avvenuto un omicidio», ho risposto, deliziata da quanto facilmente mi avesse offerto quel frammento di informazione.

Isobel ha annuito e poi ha iniziato a chiacchierare di qualcos'altro riguardo al suo club di giardinaggio. Lo svantaggio del tentare di raccogliere pettegolezzi: le persone volevano raccontarti qualsiasi cosa. Me ne sono andata poco dopo, riflettendo su come approfondire la questione di Dolores Lewis. Era nota per essere schietta alle riunioni cittadine, ma non per perdere la pazienza. Era sicuramente nella lista dei "forse".

Dopo aver finito la spesa, sono tornata a casa e ho trovato la porta d'ingresso della dependance spalancata e nessuna traccia di Ghost.

«Ghost!», ho chiamato verso gli alberi fuori. La casa dei miei genitori era nelle vicinanze, ma non troppo vicina. Non c'era davvero nessun altro nei dintorni che potesse sentirmi. Tuttavia, questo non cambiava il fatto che mi sentissi piuttosto sciocca a chiamare Ghost tra gli alberi. Nient'altro che il vento mi ha risposto sibilando. Il sole stava tramontando in lontananza, i suoi raggi si proiettavano verso l'oceano, colorando il cielo di rosso e arancione.

Contemplando se lasciare la porta aperta per Ghost o meno, sono rientrata. Le serate primaverili erano fredde nel Maine. Non sapevo se Ghost fosse abituato a stare fuori o meno. Non per la prima volta, ero un po' infastidita dal fatto che mia madre me l'avesse lasciato in eredità. Mi piacevano i gatti, era più quanto potesse essere presuntuosa lei. Anche se avevo trascorso solo una notte qui, in un certo senso mi piaceva la sua burbera compagnia.

Ho deciso che era il caso di chiamare mia madre. «Hai idea di dove sia Ghost?», ho chiesto nel momento in cui ha risposto.

«Cosa è successo, cara?»

«Sono tornata a casa, la porta era aperta e Ghost era scomparso», ho spiegato semplicemente.

Mia madre ha riso piano. «Quel Ghost. È brillante. Quella mensola che hai vicino alla porta gli rende facile aprirla. Salta giù e colpisce la maniglia con le zampe, giusto il necessario per spingerla un po'. È probabilmente così che è uscito. Lascia solo una finestra aperta, e tornerà domani. Non preoccuparti. È ancora un po' selvatico».

«Capito. Va bene, beh, se lo vedi, fammelo sapere».

«Certo. Com'è andata la tua giornata?»

«Bene, mamma. La tua?»

«Impegnativa. Fammi sapere se vuoi che ti procuri del lavoro con la società immobiliare».

«Lo farò. Sto ancora pensando alle mie opzioni». Scegliendo di non darle un'apertura per continuare a parlare, ho detto: «Sono appena tornata dal supermercato con la spesa, quindi devo andare».

Scuotendo la testa, ho terminato la chiamata e mi sono preparata qualcosa da mangiare. La dependance era silenziosa, molto più silenziosa di quanto fossi abituata negli ultimi anni a New York. Anche quando sei completamente sola in un appartamento lì, il trambusto e il rumore esterno sono sempre presenti. Non è così qui a Charm Cove. La pace e la tranquillità non erano difficili da trovare.

# CAPITOLO UNDICI



Mi addormentai, lasciando una finestra aperta per Ghost. Quando mi svegliai il mattino seguente, non c'era ancora traccia di lui. Pensai di andare in città per trovare mia madre e prendere un caffè da qualche parte.

Mentre ero in fila al Magic Beans, trasalii quando qualcuno pronunciò il mio nome. Voltandomi, trovai Liam sulla porta del bar con Ghost tra le braccia. Sollevò leggermente il mento, indicandomi di avvicinarmi dato che non poteva portare Ghost all'interno del locale.

Uscendo dalla fila, lo seguii fuori. «Dove hai trovato Ghost?»

«È apparso a casa mia ieri sera. L'ho riportato da tua madre, ma lei ha detto che ora è tuo», spiegò semplicemente.

Un lampo di fastidio mi attraversò. Sapevo esattamente cosa stava tramando mia madre. Scommettevo che Ghost non era nemmeno abituato a vivere nella dépendance. Conoscendola, aveva organizzato tutto questo come una scusa per far incrociare le strade tra me e Liam.

«Perché sarebbe venuto a casa tua? E dove stai alloggiando?» chiesi, sentendo l'irritazione nella mia voce.

Liam sembrò confuso per un momento, poi il suo sguardo si schiarì. «Non sapevi che ho affittato la vecchia casetta del custode nella proprietà dei tuoi genitori?»

Oh, per l'amor del cielo. Ecco quanto era ridicola mia madre. Liam viveva a un tiro di schioppo da me, e lei doveva assolutamente, positivamente, sapere che si sarebbe trasferito lì ancora prima che io perdessi il lavoro e decidessi di tornare a casa.

Mentre me ne stavo lì, lui rimase in silenzio. «Immagino che non lo sapessi. Quando ti ho vista due settimane fa, volevo dirti che saresti rimasto lì. Non volevo che la situazione fosse imbarazzante per te.»

La mia bocca si aprì e si chiuse, e sentii le guance che si scaldavano. «Imbarazzante, perché dovrebbe essere imbarazzante?» dissi, solo per punzecchiarlo.

Fallimento totale. Liam si limitò ad inarcando un sopracciglio.

Non c'era motivo che questo fosse un problema. Charm Cove era piccola comunque la si guardasse. Non doveva importare minimamente che Liam si trovasse a tre minuti da dove alloggiavo io.

Sembrando capire che non riuscivo a formulare altre parole, continuò. «Vuoi che lo lasci alla dépendance per te? Non è fuori mano per me.»

Guardai Ghost che era rilassato tra le braccia di Liam. «Posso prenderlo io», proposi.

«Diventa un po' pazzo in macchina», mi avvertì Liam.

«Sono sicura di poterlo gestire.»

Allungai le mani verso Ghost, ma lui si rannicchiò ancora di più contro il petto di Liam. Liam cercò di passarmelo, ma Ghost non ne voleva sapere e affondò gli artigli nella giacca di jeans di Liam, aggrappandosi.

Liam ridacchiò. «Suppongo che lo porterò io allora.»

Non mi sembrava giusto che Liam portasse Ghost alla dépendance senza di me, non così. «Ti seguirò», dissi rapidamente. «Così posso assicurarmi che sia tutto chiuso bene prima di andare via questa volta. Che ne dici se prendo dei caffè per noi prima di partire?»

Gli occhi azzurro ghiaccio di Liam tennero i miei per qualche secondo prima che annuisse. «Nero, per favore. Senza zucchero né latte.»

Sapevo perfettamente che gli piaceva il caffè nero. Quasi mi infastidiva che sentisse il bisogno di ricordarmelo. Ma non avevo intenzione di dirlo ad alta voce.

«Certo. Ti raggiungo lì tra qualche minuto.»

In poco tempo, avevo due caffè da portar via e stavo tornando alla dépendance. Liam guidava un pick-up nero lucido. Ovviamente. Per un attimo mi chiesi perché avesse scelto di tornare a Charm Cove. Sebbene avessi cercato di ignorare i pettegolezzi sul suo matrimonio, sapevo che gestiva una filiale dell'azienda di investimenti della sua famiglia a Boston. Proprio come i Wicked, anche i Good avevano tentacoli sparsi in tutto il New England quando si trattava di denaro e affari.

Liam era in piedi vicino alla porta con Ghost ancora tra le braccia. Non dissi una parola quando li raggiunsi. Semplicemente aprii la porta e li feci entrare. Ghost finalmente saltò giù dalle braccia di Liam, correndo dritto verso l'angolo dove c'era una ciotola di cibo e acqua. Mia madre mi aveva lasciato rifornita di cibo per Ghost. Naturalmente, non aveva lasciato il frigorifero rifornito per me, ma d'altronde non c'era nessun gioco da fare con quello.

Liam rimase in silenzio per un momento, infilando le mani in tasca e dondolandosi sui talloni. «Allora, sei qui per restare?» chiese infine.

«Non sono sicura. E tu?»

Annuì. «Io sì.»

Non era mai stato molto loquace, cosa che a volte mi faceva impazzire. Dopo che accidentalmente avevo dato fuoco a un edificio, non avevamo parlato molto. In questo momento, sentivo il bisogno di chiarire l'aria in qualunque modo possibile.

«Senti, so che ho già detto che mi dispiaceva prima, ma vorrei ribadirlo. Ero giovane e sciocca. Non intendevo mai...»

Liam scosse bruscamente la testa. Nel momento in cui le mie parole si affievolirono, parlò lui. «È stato quello che è stato. Nessuno si è fatto male. Ho commesso alcuni errori dopo, in particolare sposando Vanessa. Se devo essere onesto, ero arrabbiato con te, e pensavo di poter dimostrare a tutti che il nostro destino non era quello che tutti credevano. Non ne sono ancora sicuro, ma ho abbastanza buon senso per sapere che non è intelligente sposare qualcun altro solo per dimostrare un punto.»

Ammutolita per lo stupore, tutto quello che potevo fare era fissarlo. Dopo un attimo, mi diedi una scossa mentale. «Beh, credo che entrambi abbiamo fatto cose sciocche. Io sicuramente. Spero che ora tu stia bene. Voglio solo il meglio per te. Naturalmente.»

Annuì, i suoi occhi non deviando mai dai miei. Era come se potesse vedere attraverso di me. Mi sentivo agitata dentro e a disagio sotto il calore del suo sguardo. Mi girai di scatto, camminando nervosamente verso le finestre e controllando Ghost.

«Beh, non siamo molto più vecchi, ma sembra che entrambi siamo un po' più saggi», aggiunsi. Non potevo dire ad alta voce ciò che stavo realmente pensando, ovvero che era pazzesco che ci fosse solo un uomo che mi colpiva come faceva lui. Avevo cercato di frequentare altre persone, ma non sembrava mai giusto. Suppongo che la parte più difficile fosse che sentivo di nascondere qualcosa di importante tutto il tempo.

Non era esattamente fico uscire e dire *Ehi, sono una strega. Ma non preoccuparti. Ho sbagliato un incantesimo solo una volta.* Ovviamente, non c'era bisogno di dire una cosa del genere a Liam. Eppure, fuori dai confini di Charm Cove, uscire con qualcuno era come camminare in un campo minato cercando di evitare di inciampare accidentalmente nella magia e in chi ero veramente.

Mi costrinsi a fare un respiro profondo e a voltarmi di nuovo verso Liam. «Sono contenta che tu sia a casa se è qui che vuoi essere.»

Annuì, i suoi occhi che mi valutavano. «Immagino che anche tu sia tornata a casa per restare.»

«Perché lo dici?»

«Perché so cosa vuol dire cercare di vivere lontano da qui. Non è così facile. Fidati, ci sono un sacco di cose che qui mi fanno impazzire. Proprio come ci lamentavamo sempre. Ma questo non cambia chi siamo.»

# CAPITOLO DODICI

La sera seguente, percorsi il vialetto di ardesia che portava alla casa dei miei genitori. Mia madre mi aveva invitato, o meglio preteso che andassi, a cena con lei e zia Lea. Mio padre era a Boston per lavoro, e lei spesso invitava amici e familiari quando lui non c'era. In realtà, aveva sempre compagnia. Solo che mio padre occasionalmente chiedeva un po' di pace e tranquillità. Adoravo mio padre, ma era decisamente il membro più silenzioso della nostra famiglia.

La casa della mia infanzia era situata su una scogliera sopra l'acqua. Charm Cove e il suo piccolo porto erano chiaramente visibili dalla casa. Era una vecchia casa in stile coloniale costruita nel 1700. Era stata modernizzata nel corso degli anni e aveva un nuovo rivestimento verde salvia con un tetto in acciaio inossidabile color rosso ciliegia. Il tetto brillante rendeva impossibile non notare la casa da lontano.

Entrai dall'ingresso principale in un ampio atrio. Una scala curva con una bellissima ringhiera correva lungo la parete su un lato. Scivolare giù per la ringhiera era stata una delle mie attività preferite dell'infanzia. Le scale portavano a un corridoio con camere da letto e una nursery. Da un lato dell'atrio c'erano un'enorme cucina e una sala da pranzo. Un salotto formale e una sala più piccola erano dall'altro lato. Anche l'interno della casa era stato modernizzato, sebbene lo stile classico fosse stato mantenuto. Pavimenti in castagno si estendevano in tutta la casa, lucidati a specchio dopo diversi secoli di ceratura a questo punto. Finestre così alte che ci si poteva stare in piedi all'interno fiancheggiavano ogni parete. Le pareti erano dipinte di un grigio tortora con colori pastello come accenti in tutta la casa.

Seguendo il suono delle voci fino alla cucina, trovai mia madre ai fornelli con zia Lea seduta su uno sgabello vicino al bancone che sorseggiava un bicchiere di vino. Due delle mie cugine più giovani, le figlie adolescenti di zia Lea, erano sedute a un piccolo tavolo nell'angolo a giocare a carte. Celia e Delia erano gemelle identiche e piene di birichinate.

La cucina era uno dei miei posti preferiti della casa, se non altro perché ci avevo trascorso così tanto tempo crescendo. C'era un'isola massiccia al centro della stanza. In origine non era altro che una postazione di lavoro, ma mia madre l'aveva aggiornata con un bellissimo bancone piastrellato di blu e aveva spostato il piano cottura sull'isola. C'erano sgabelli sparsi attorno ai suoi bordi.

Contro la parete dietro il bancone c'era un forno a legna, ancora in uso. Mia madre giurava sulla sua vita che ci poteva cuocere meglio. Anche se aveva anche installato un normale forno a propano dall'altra parte del lavello. Un lavandino in ardesia vecchio stile si trovava tra i due forni con una finestra doppia dietro, che offriva una bella vista sul prato posteriore e sull'insenatura in lontananza.

«Ciao, cara», mi chiamò mia madre mentre entravo in cucina. Stava mescolando qualcosa in una pentola enorme sul fornello.

Zia Lea si alzò, avvolgendomi in uno dei suoi abbracci. «Sono così felice che tu sia tornata a casa, Moira».

Cominciavo a chiedermi se lo avrebbe detto ogni volta che mi vedeva d'ora in poi, anche se sapeva che non avevo ancora preso una decisione definitiva se sarei rimasta oltre il breve termine.

«Ciao, zia Lea», risposi, dandole una stretta e un bacio sulla guancia.

Togliendomi la giacca, la appesi sullo schienale di uno degli sgabelli vicino al bancone e mi sedetti. Accettai felicemente il bicchiere di vino che zia Lea mi versò, dando un'occhiata a mia madre. «Cosa stai preparando?»

«Zuppa di vongole».

Notai un'altra pentola che sobbolliva sullo sfondo e immaginai che fosse uno dei preparati di mia madre. Stava sempre facendo qualcosa. «E quella?» chiesi, indicandola con il mento.

Mia madre mi rivolse un sorriso. «Solo un rimedio per il mal di schiena. Niente di più».

Salutai Celia e Delia. Si girarono insieme, sorridendo all'unisono. Si somigliavano così tanto nell'aspetto che nessuno al di fuori della nostra famiglia poteva distinguerle. Avevano ereditato i loro lucenti capelli scuri dal lato della mia famiglia e gli occhi blu da loro padre. Dopo avermi salutato, tornarono immediatamente al loro gioco di carte.

Guardai zia Lea, prendendo un sorso di vino. «Allora, come stanno le ragazze? Vedo che ora lavorano al negozio».

Lei annuì. «Certo. È il modo migliore per imparare. Anche se, lo giuro, combinano sempre qualche marachella. Se qualcuno ci metterà nei guai qui intorno, saranno loro. La settimana scorsa hanno lanciato un incantesimo del riso su Isobel Martin quando è passata».

Ridacchiai. «Be', sono sicura che l'abbiano trovato divertente».

Zia Lea alzò gli occhi al cielo. «Ovviamente sì. Non ho mai pensato che due persone potessero combinare più guai di te e la loro sorella maggiore, ma queste due battono tutti. Suppongo sia perché sono gemelle».

«Forse, anche se la maggior parte delle tredicenni combina qualche tipo di guaio».

«Vero, ma la maggior parte delle tredicenni non sono streghe», offrì mia madre con tono secco.

Come era sempre il caso con zia Lea e mia madre, non esitarono ad entrare direttamente in qualunque argomento volessero discutere. «Allora, hai sentito qualcosa?» chiese zia Lea.

«Lasciatemi indovinare, state chiedendo di Alvin», risposi.

Mia madre sfoggiò un altro sorriso mentre spegneva il fornello. «Ma certo».

«Non molto. Anche se ho incontrato Isobel al supermercato l'altra sera. Pensa che potrebbe essere stata Dolores Lewis. Ha detto che Dolores era furiosa all'ultimo incontro della commissione urbanistica, quello in cui hanno annunciato i cambiamenti di zonizzazione. Qualcuna di voi due è stata presente?»

Mia madre prese la bottiglia di vino e si versò un bicchiere scuotendo la testa. Con il vino in mano, si girò per controllare quello che doveva essere pane fresco nel forno. Il profumo celestiale si diffuse per la cucina quando aprì il forno. Non potei resistere e feci un respiro profondo, assaporando il profumo del pane appena sfornato e il sottile sentore di fumo di legna.

«Lea era presente», commentò mia madre. Tirando fuori il pane dal forno, guardò alle sue spalle. «Ti stavi chiedendo la stessa cosa, vero?»

Zia Lea finì un sorso di vino. «Be', Dolores era certamente infuriata, quindi è stato il mio primo pensiero. Ma poi Jacob ha accennato di aver percepito un incantesimo. Ho riflettuto un po' di più su Dolores, e non sono sicura che significhi molto quando si agita. Crea confusione a ogni riunione del consiglio, non importa di cosa si tratti. Ogni singola volta è arrabbiata per qualcosa. Quindi, è vero che era agitata. Solo che non so se significhi molto più di questo. Voglio dire, per l'amor del cielo, se fosse così, avrebbe ucciso ogni membro della commissione urbanistica e tutti i Selectmen ormai», disse con un'alzata di spalle elegante.

Mia madre mise due pagnotte fresche su un tagliere di legno. «È vero riguardo a Dolores. Tu vai a quelle riunioni più di me. L'ultima a cui ho partecipato qualche mese fa è stata quando parlavano dei finanziamenti per la biblioteca. Anche in quell'occasione era furiosa. Ma nessuno dei membri del comitato della biblioteca è finito annegato nella fontana».

Guardando tra loro due, mi fermai per prendere un sorso di vino. «Be', chi altro era arrabbiato per i cambiamenti di zonizzazione allora?»

Mia madre diede un'occhiata alle gemelle prima di iniziare a tagliare il pane. «Ragazze, la cena è pronta. Non c'è bisogno che vi uniate a noi. Potete continuare a giocare a carte».

Un altro problema delle gemelle era che erano viziate marce. Per la mia generazione di cugini, erano le più giovani. Erano state una sorpresa per zia Lea e zio Jacob. Il resto di noi eravamo tutti adolescenti quando sono nate. Questo aveva creato l'effetto collaterale non voluto che i nostri genitori collettivi erano oltre il limite di sopportazione con tutti i loro adolescenti ed erano felici di avere una dolce coppia di gemelle da viziare.

Ora erano delle diaboliche adolescenti al quadrato. Si alzarono dal tavolo, affrettandosi verso il bancone. Mia madre versò la zuppa di vongole in ciotole per loro e gli diede fette di pane appena sfornato prima di rimandarle al tavolo nell'angolo.

Una volta che Celia e Delia si erano concentrate nuovamente sul loro gioco di carte, mia madre servì il resto di noi, e ci sedemmo a mangiare. Assaporando un boccone della zuppa di vongole, guardai tra mia madre e zia Lea, riprendendo il filo della nostra conversazione. «Allora, chi altro era arrabbiato? È logico che sia il posto da cui iniziare».

Dopo aver finito un boccone, mia madre posò il cucchiaio e tamburellò con le dita sul tavolo. «Be', gli Ouellette erano piuttosto arrabbiati. Metà della famiglia era alla riunione della commissione urbanistica da quanto ho sentito».

«Oh, intendi gli Ouellette che possiedono l'attività di legname appena fuori dal centro?»

Zia Lea annuì. «Oh sì. Erano piuttosto arrabbiati. Soprattutto perché possiedono così tanta terra. Ma comunque la si guardi, e l'ho detto anche alla riunione, se la sono cavata con bollette fiscali ridicolmente basse per anni. La loro proprietà avrebbe dovuto essere classificata come commerciale circa due secoli fa», disse con un'aria sdegnosa.

Non potei fare a meno di ridere. «Anche così, non significa che saranno contenti di vedersi aumentare le tasse di un terzo. Non ricordo... Non sono una famiglia di streghe, vero? Sono qui da sempre».

Mia madre scosse rapidamente la testa. «Assolutamente no. Sono a Charm Cove da tantissimo tempo, ma non hanno poteri».

Zia Lea intervenne. «È giusto dire però che sono stati qui abbastanza a lungo da sapere chi ha il potere. Sono sempre stati un po' gelosi e amareggiati per questo. Voglio dire, sono sempre felici di saltare sul treno dei pettegolezzi quando ci sono stati problemi tra noi e i Good».

Aveva ragione. Gli Ouellette erano una famiglia numerosa e spesso nel mezzo di qualunque cosa succedesse in città, felici di scambiare voci e fare pettegolezzi.

Le gemelle chiamarono all'unisono dal tavolo, ricordandoci che stavano decisamente prestando attenzione. «Non dimenticate, anche noi siamo Good».

Zia Lea si girò a guardare oltre la sua spalla. «Certo che lo siete. Siete anche Wicked e non dimenticate da dove viene il vostro potere».

Ancora oggi non sapevo se fosse vero, ma la leggenda narrava che tutti i poteri venivano ereditati attraverso il lato materno della famiglia. Quindi, sebbene gli uomini potessero diventare e diventassero stregoni molto potenti, potevano farlo solo se le loro madri erano state streghe. In questo senso, le gemelle avrebbero ereditato tutti i poteri da zia Lea, piuttosto che dal loro padre stregone.

Le gemelle sorrisero semplicemente e tornarono subito alle loro carte.

«Be', dato che hai le dita in pratica in tutte le proprietà della città, è logico che dovresti forse chiedere in giro degli Ouellette. Nel frattempo, anche se non pensiamo che Dolores c'entri qualcosa, potremmo comunque verificarlo. Chiederò a Zoe cosa sa Daniel e vedremo come procedere», dissi con un cenno verso mia madre.

«Perfetto», disse mia madre prima di tuffarsi nella sua zuppa. La conversazione andò avanti, e da qualche parte lungo il percorso, arrivò l'assolutamente prevedibile argomento dei miei piani. Sarei stata disposta a scommettere soldi, e molti, che non avrebbero smesso di parlarne finché non avessi promesso il mio amore eterno a Liam e giurato sulla mia anima che non avrei mai lasciato Charm Cove.

«Allora hai deciso?» chiese mia madre.

«Deciso cosa?» risposi, scegliendo di provocarla un po' facendo finta di non capire.

Zia Lea alzò gli occhi al cielo. «Sai esattamente cosa ti sta chiedendo tua madre».

«Be', per ora sono qui. Quindi il mio piano è che sono qui per ora».

«Cosa farai per lavoro?» chiese poi mia madre, imperturbabile di fronte alla mia risposta vaga.

«Sto valutando alcune opzioni a Boston».

Calò il silenzio. Il suono delle gemelle che giocavano a carte e si prendevano in giro a vicenda arrivò fino a noi.

Gli occhi di mia madre si strinsero. «Non essere ridicola. Stai cercando di negare la tua eredità».

«Mamma, dammi un po' di tregua, va bene? Una cosa che ho imparato da qualche anno lontano è che non posso fingere di non essere una strega. Mi sembra di vivere una grande bugia. Quindi non lo farò più. Sarebbe bello, se decidessi di restare qui, se tutti non si intromettessero nella mia vita ogni giorno. A proposito, avresti potuto dirmi che Liam stava nell'altra casa della proprietà. Ghost continua a correre a casa sua».

Un sorriso malizioso si allargò sul viso di zia Lea. «Certo che lo fa. È lì che Ghost viveva prima».

«Con chi?»

«C'era una giovane coppia che ha affittato quel posto per un po'. Si sono lasciati e non volevano portare il gatto con loro. Quindi, mi sono offerta di tenerlo. È abituato a stare nella vecchia casa del custode, ecco perché probabilmente continua ad andarci. Perché importa che Liam sia nelle vicinanze? Non sarà molto diverso se fosse dall'altra parte della città. Sono solo dieci minuti di distanza. Aveva bisogno di un posto dove stare per un po', e gli sto semplicemente facendo un favore», spiegò mia madre magnanimamente.

Favore? Bah. Mi morsi la lingua per non scoppiare a ridere ad alta voce.

«Ok. Come vuoi. Se volete che rimanga in città, dovete promettere di tenere la vostra magia fuori da qualsiasi cosa tra me e Liam».

Zia Lea e mia madre si scambiarono uno sguardo. «D'accordo», dissero insieme.

«Parlando di magia, l'altro giorno ho fatto una passeggiata vicino alla fontana. La vostra assurda idea che potrei avere qualcuno dei poteri di Mémé non sembra probabile. Tutto quello che ho sentito è stato un formicolio nelle punte delle dita. Potrebbe essere dovuto al fatto che il granito era freddo».

Zia Lea sospirò, in modo piuttosto drammatico. Perché le piaceva sospirare drammaticamente. «E allora? Mémé ha impiegato anni per sviluppare i suoi poteri. Non essere così impaziente. Pensi che tutto venga facile. Non è così. Ma non preoccupiamoci di questo adesso. Vediamo piuttosto cosa farai per lavoro».

# CAPITOLO TREDICI

Il pomeriggio seguente, mi ritrovai al Persnickety Potions & Gifts. Avevo accettato con riluttanza di occuparmi del negozio per il pomeriggio perché zia Lea aveva un appuntamento dal medico. Celia e Delia erano qui presumibilmente per aiutarmi. Nell'unica ora in cui ero stata qui, avevo scoperto che erano brave con i clienti, ma per il resto erano occupate a prendersi in giro a vicenda, a trafficare con i loro smartphone e praticamente a non fare un bel niente.

«Se sta cercando qualcosa che possa aiutare il suo matrimonio, potrebbe provare questo», offrii alla donna cordiale in piedi davanti a me accanto al bancone.

Era entrata annunciando che temeva che suo marito avesse una relazione. Sosteneva di aver parlato con un'altra donna che aveva visitato Charm Cove e che le aveva raccomandato una particolare pozione a questo scopo. Mi dispiaceva per lei perché sembrava così sincera. Sembrava avere una trentina d'anni, con capelli castani lucidi a caschetto, una figura snella e grandi occhi marroni in tinta con i capelli. Indossava jeans, ballerine nere e una camicetta azzurra. Immaginai che venisse da una delle città. Era notevolmente sincera e chiaramente ferita dalla preoccupazione per suo marito. Volevo farle notare che forse non valeva lo sforzo se lui era il tipo di uomo che tradisce, ma non era compito mio dirglielo.

Piuttosto, il mio compito era offrire un rimedio chiamato *Migliora il Tuo Matrimonio*. Vorrei tanto star scherzando. Ma... sì, insomma, non proprio.

Porgendole la piccola bottiglia di vetro blu con la sua etichetta decorativa, aspettai. Lei la girò tra le mani, leggendo attentamente la descrizione. Dovevo mordermi la lingua per non ridere ogni volta che i miei occhi cadevano sull'etichetta, quindi distolsi lo sguardo. Quando zia Lea aveva preso in carico questa attività di famiglia, aveva cambiato tutto usando nomi palesemente ovvi. Ora, i nostri rimedi avevano titoli come: *Migliora il Tuo Matrimonio, Ferma il Dolore Articolare, Profuma Meglio*. Il mio preferito: *Sei Arrabbiato con Qualcuno? Rompi Questa Bottiglia*.

Sebbene molte persone fossero divertite dai nomi, andavano a ruba. La donna cordiale decise di acquistare il rimedio e poi si diresse verso l'angolo più lontano per guardare alcuni gioielli. Alcuni altri clienti stavano gironzolando quando sentii qualcosa rompersi. Celia mi passò davanti di corsa dirigendosi verso il retro, soffocando una risata con la mano. Immediatamente, capii che aveva combinato qualcosa. Spinsi la porta posteriore per trovare lei e Delia appoggiate agli scaffali. Ridevano entrambe così forte che facevano fatica a riprendere fiato.

«D'accordo, ragazze, che avete fatto? Non ho tempo di stare qui dietro, quindi confessate in fretta», dissi severamente.

Delia, che sembrava essere la leggermente più responsabile delle due, incontrò il mio sguardo, finalmente ingoiando la sua risata. «Oh, è la signora Smitty. È così fastidiosa. È stata la mia insegnante l'anno scorso e non la sopportavo. Quindi abbiamo lanciato un incantesimo di rottura».

Fissandole, scossi semplicemente la testa prima di tornare davanti. Con un rapido movimento del polso, reindirizzai il loro incantesimo.

Su di loro.

Nel giro di pochi secondi, Celia uscì di corsa dal retro proprio mentre sentii qualcosa rompersi e cadere sul pavimento.

«Cosa hai fatto?» sussurrò urgentemente al mio orecchio.

«Attenta a ciò che desideri», risposi con un sorriso.

Sospettavo che non sapessero ancora come reindirizzare incantesimi del genere. In generale, il reindirizzamento poteva essere fatto solo con piccoli incantesimi e da una strega o uno stregone più potente rispetto a chi aveva originariamente lanciato l'incantesimo. Delia uscì dal retro per sussurrare all'altra mia spalla. «Ci dispiace. Prometto che non lo faremo più».

Guardando tra l'una e l'altra, rimasi in silenzio per un momento. «Siete sicure?»

Ai loro cenni sinceri, alzai gli occhi al cielo e mi voltai. Con un altro movimento del polso, eliminai completamente l'incantesimo. Anche se non erano altro che il dispetto personificato, provavo un po' di empatia. Tutto ciò che volevo fare da adolescente era provare incantesimi sciocchi. Era per lo più innocuo, ma doveva comunque essere frenato. Con loro due insieme, potevo solo immaginare quanti dispetti potessero combinare.

«Aiutate i clienti, per favore», dissi. «Devo bilanciare la cassa e occuparmi di alcuni ordini online».

Le ragazze diligentemente uscirono da dietro il bancone. Sebbene non avrei mai ammesso di apprezzare il lavoro nel commercio al dettaglio, mi piaceva essere tornata al Persnickety Potions & Gifts. Era un luogo confortevole per me e abbastanza facile da gestire. Il pomeriggio passò abbastanza velocemente.

Dopo aver elaborato gli ordini online e averli preparati per la spedizione, ero di nuovo dietro il bancone, mentre le ragazze chiacchieravano con i clienti. Il sole stava tramontando fuori, i suoi raggi morbidi entravano dalle finestre nel negozio. Guardando fuori, feci un respiro profondo e godetti della vista familiare. Charm Cove *era* davvero affascinante. Il parco cittadino risplendeva alla luce del sole al tramonto, il cielo un acquerello sullo sfondo. Le pittoresche case e negozi storici sembravano incantevoli.

Avvicinandosi l'ora di chiusura, le gemelle furono brave a preparare tutto. Dopo che l'ultimo cliente se ne andò e io chiusi a chiave la porta, eravamo occupate a bilanciare la cassa per la giornata e a mettere in ordine. Fu allora che un fulmine di luce accecante attraversò le finestre anteriori. La luce colpì l'espositore al centro del negozio, che includeva diversi cimeli di famiglia, tra cui un antico medaglione contenente una ciocca di capelli. A insaputa dei turisti che lo osservavano ogni giorno, la vetrina in cui erano custoditi gli oggetti era protetta da un incantesimo.

Quando il fulmine colpì la vetrina, il vetro andò in frantumi e colpì il centro del medaglione, rilasciando una nuvola di fumo nell'aria. Io e le gemelle rimanemmo immobili, scambiandoci sguardi. Mi precipitai da dietro il bancone direttamente verso la vetrina. Guardando il mucchio di vetri rotti, era chiaro che tutto al suo interno era al sicuro, ad eccezione del medaglione. La sua custodia era bruciacchiata e ancora fumante.

Mi voltai, chiamando le gemelle. «Restate proprio qui».

Aprendo rapidamente la porta d'ingresso, uscii sul marciapiede, guardandomi intorno. C'erano molte persone che camminavano lungo i marciapiedi con i turisti che ancora giravano per i negozi e i ristoranti. Nessuno sembrava prestare attenzione al nostro negozio, per quanto potessi vedere.

Proprio mentre stavo per rientrare, vidi Liam girare l'angolo. Il suo sguardo incrociò il mio. Allungò il passo e raggiunse rapidamente il mio fianco. «Va tutto bene?» chiese.

Potevo avere molti sentimenti contrastanti riguardo a Liam, ma mi fidavo di lui. «Entra», dissi, facendo scivolare rapidamente la mano attraverso il suo gomito e tirandolo attraverso la porta nel negozio. Chiudendo a chiave dietro di noi, indicai la vetrina in frantumi al centro della stanza.

I suoi occhi si spalancarono. «Cosa è successo?»

Celia iniziò immediatamente a chiacchierare. «C'è stato un fulmine, proprio attraverso la finestra anteriore. La vetrina si è rotta e...»

Delia diede una gomitata a Celia nel fianco, e le sue parole si affievolirono.

Liam si avvicinò alla vetrina, guardando verso il basso. I suoi occhi incontrarono i miei quando alzò lo sguardo mentre raggiungevo il suo fianco. Non disse nulla. Presumevo che si stesse trattenendo, se non altro perché le gemelle erano qui.

La mia famiglia non era una di quelle che mantiene segreti tra i suoi membri, quindi sapevo perfettamente che le gemelle conoscevano il potere di ogni oggetto contenuto in quella vetrina. Ma non volevo spaventarle. «Ragazze, chi dovrebbe venirvi a prendere stasera?»

«Emma», risposero all'unisono, riferendosi alla loro sorella maggiore e mia cugina, proprio quella con cui spesso facevo birichinate quando stavamo crescendo.

«La sto chiamando per chiederle di venirvi a prendere ora». Chiamai rapidamente Emma che disse che stava già arrivando fuori.

Nel giro di un minuto, stava bussando alla porta d'ingresso. Entrando sul retro con lei, le spiegai rapidamente cosa fosse successo.

Emma mi fissò, la bocca le si aprì prima di richiuderla di scatto. «Proprio quello che serve alla nostra famiglia. Mamma impazzirà per la vetrina. È stata protetta per decenni e non c'è mai stato un problema. Tra le voci su Alvin e ora questo, sta succedendo qualcosa», disse con un sospiro.

«Non dirlo a me», risposi rapidamente. «Non voglio spaventare le ragazze, quindi ho pensato che fosse meglio farle uscire di qui».

Emma annuì, spazzando via una ciocca di capelli scuri dalla guancia. Come le sue sorelle, aveva capelli quasi neri e occhi azzurri. «Sembra un buon piano. Chiamerò mio padre lungo la strada, così potrà venire qui da te».

Nel giro di pochi minuti, Emma era partita con le gemelle, e zio Jacob stava entrando dalla porta principale. Jacob era alto e imponente, con capelli argentati e occhi azzurri brillanti. Si portava con un'aria di autorità, quasi brillando di potere. Per la sua generazione, era considerato uno degli stregoni più potenti del New England. A parte mio padre, non ce n'erano altri neanche lontanamente paragonabili a lui.

Potrebbe sembrare bello, ma la maggior parte delle volte, era fastidioso. Gli stregoni si prendevano molto sul serio. Questa era una lamentela frequente tra le streghe. Uno stregone poteva ereditare il suo potere solo da una strega, eppure una volta che imparavano a usare i loro poteri, diventavano fastidiosi in tutti i sensi. Comunque, mi sto dilungando.

Jacob guardò tra me e Liam dove eravamo ancora in piedi davanti alla vetrina rotta. «Dimmi cosa hai visto», disse, senza nemmeno preoccuparsi di salutare.

A ulteriore conferma del mio punto, potevano essere un po' altezzosi.

Ripetei la stessa serie di eventi che avevo già raccontato a Liam ed Emma.

«Hai visto qualcuno o qualcosa di sospetto quando hai controllato fuori?»

Come se avessi trascurato di menzionarlo se lo avessi fatto. Tenni i miei pensieri per me al momento. Una volta ero conosciuta per avere la lingua tagliente. Pensavo di dover tenere a freno la lingua un po' di più fino a quando tutti non avessero superato il mio ritorno in città. Restava da vedere per quanto tempo avrei potuto farlo senza creare segni permanenti sulla mia lingua.

Sorridendo tesa, scossi la testa. «Niente che abbia notato. L'avrei menzionato se avessi visto qualcosa».

Jacob annuì semplicemente, girando su se stesso e percorrendo una linea retta dalla vetrina verso il punto da cui la luce era entrata attraverso la finestra principale. Rimase fermo davanti alla finestra, alzando una mano e tenendo il palmo verso la finestra. Dopo un momento, si voltò di nuovo.

«Non che tu pensassi che fosse un incidente, ma certamente non lo era. Datemi qualche minuto».

Tornò a stare davanti alla vetrina in frantumi. Mentre iniziava ad allungare la mano all'interno, mi guardò. «Ti dispiace se prendo questo?»

Scossi rapidamente la testa. «Certo che no».

Jacob sollevò con attenzione il medaglione bruciacchiato. Tenendolo in entrambe le mani, chiuse gli occhi. Dopo un altro momento, aprì gli occhi e rimise con attenzione il medaglione all'interno della vetrina di vetro rotta.

«Bene, sono abbastanza sicuro che uno dei Bishop abbia lanciato questo incantesimo. Ha tracce della loro magia. La domanda è, perché?»

*Ovvio, no?*

Mi tenni quel piccolo pensiero per me.

# CAPITOLO QUATTORDICI

La sera seguente, dopo essere riuscita a sopravvivere a un'altra cena con mia madre e zia Lea, tornai alla mia dependance. Mi ero abituata a Ghost che mi saltava quasi in testa quando entravo dalla porta. Sembrava essere il suo modo di salutarmi.

Dopo che si fu rimesso in piedi, gli diedi una carezza sulla schiena prima che balzasse di nuovo sulla mensola. «Ghost, lascia che ti dica. Stanno tutti impazzendo. In qualche modo, mamma e zia Lea sono convinte che qualunque cosa sia successa ieri abbia a che fare con l'omicidio di Alvin. Se davvero si è trattato di omicidio», dissi in tono conversevole, come se Ghost potesse capirmi.

Non dubitavo che ci fosse qualcosa di strano riguardo alla morte di Alvin, ma non ero pronta a chiamarlo omicidio. Quando alzai lo sguardo verso Ghost, la sua unica risposta fu un movimento della coda che pendeva dalla piccola mensola.

Girai intorno al bancone, presi una bottiglia di vino rosso dal mobile e me ne versai un bicchiere. Proprio mentre stavo per sedermi vicino al bancone, sentii bussare alla porta. Lasciando il vino sul bancone, tornai alla porta. Aprendola, trovai Liam in piedi dall'altra parte.

Per quanto non mi piacesse ammetterlo, nel momento in cui lo vidi, il mio cuore fece una piccola danza. Doveva essere così ridicolmente bello? Questo rendeva molto più difficile convincermi che non ero più interessata a lui.

«Ciao, Liam, cosa ti porta qui?» chiesi.

«Speravo di aggiornarti su alcune cose».

Nella vita *normale* che avevo cercato di trovare, le persone di solito non passavano all'improvviso per parlare di *cose*. Ma a Charm Cove, questo era la norma. Beh, eccetto per il possibile omicidio. Quello gettava una svolta completamente nuova nella situazione.

Spalancando la porta, gli feci cenno di entrare. «Entra pure».

Chiuse la porta dietro di sé, restando incerto per un momento.

«Potresti anche toglierti la giacca», proposi.

Appese la giacca a uno dei ganci vicino alla porta e mi seguì fino al bancone della cucina. «Stavo per prendermi del vino. Ne vuoi un po'?»

Lui scosse la testa. «Sai che il vino non è proprio il mio genere».

Lo sapevo. Un tempo conoscevo molto bene Liam. Mantenni la mia risposta neutra, sperando che il piccolo fremito d'ansia che mi attraversava non fosse evidente. «Ah giusto. Ho della birra», offrii.

«Mi piacerebbe una birra», rispose.

Girando attorno all'isola della cucina, presi una birra dal frigorifero e gliela porsi. «Siediti», dissi mentre mi sistemavo su uno degli sgabelli di fronte a lui e prendevo un sorso di vino. «Allora, che succede?»

«Ho incontrato Zoe. Mi ha detto che pensa che tu stia indagando sull'omicidio di Alvin».

«Certo che lo sto facendo».

Gli occhi di Liam si incresparono agli angoli con il suo sorriso. «Perché perdere tempo?»

«Esatto. Andiamo direttamente al dunque. Siamo sicuri che sia davvero un omicidio? Potrebbe essere niente più che un tragico incidente».

Annuì lentamente, i suoi occhi azzurro ghiaccio che scrutavano il mio viso. «So che potrebbe essere un incidente, ma non credo. Perché sei coinvolta fino al collo in tutta questa storia?»

Socchiusi gli occhi, infastidita che lui l'avesse fatto notare. «È impossibile per me non essere nel mezzo. La mia famiglia e la tua sono sempre al centro di tutto. Penso che questo sia l'unico modo per avere un po' di controllo sulla situazione. Inoltre, se sei qui a chiedermi di questa cosa, devi essere coinvolto anche tu».

«Touché», offrì con un sorriso. «Allora ecco la cosa. Zio Jacob è abbastanza sicuro che uno dei Bishop volesse annullare il potere in quel medaglione».

«Ok, ma perché il medaglione?»

«Perché quel medaglione è il rivelatore di verità. O lo era. Lo sai».

Lo sapevo. Semplicemente non avevo considerato le implicazioni. «Oh», dissi piano prima di prendere un bel sorso di vino. «Ma il medaglione non sarebbe in grado di dirci nulla su Alvin. Inoltre, c'è un motivo per cui quel medaglione era stato messo sotto protezione».

Il medaglione in questione era stato potenziato dalla mia quadrisavola. Le varie famiglie al potere dopo la sua morte decisero che il medaglione doveva essere protetto, se non altro perché interferiva con troppi incantesimi.

«No, non in modo specifico. Ma zio Jacob dice che sarebbe stato in grado di dirci chi ha lanciato l'incantesimo quella notte».

«Non era così potente», dissi con un deciso scuotimento della testa. «Tutto ciò che poteva fare era identificare gli incantesimi. Questo è tutto. Niente di più. Onestamente, non molto più di quello che Jacob può fare ora».

«Sì, ma a differenza di Jacob, non aveva bisogno di poter cogliere le tracce. Il tempo non ha nulla a che fare con il suo potere. Inoltre, quante persone stavano lanciando incantesimi nel cuore della notte?»

«Buon punto. Probabilmente non molte. Quindi cosa dovremmo fare? Ora è rotto».

«Beh, c'è qualcosa che posso fare io».

Non lo dissi ad alta voce, ma che sollievo era poter parlare liberamente così. I poteri di Liam includevano la capacità di riparare le cose, più specificamente di riportarle alla completezza. Pochissimi stregoni possedevano quel potere. Era una caratteristica della sua famiglia. Solo un maschio per ogni generazione otteneva quel potere.

«Potresti», dissi con un lento cenno del capo e un altro sorso di vino.

«Mi serve il permesso di qualcuno della tua famiglia, però».

«Certo, e sai che chiunque di noi sarebbe d'accordo. Chiamerò zia Lea subito se vuoi».

Bevendo un sorso della sua birra, annuì.

«Perché sei venuto prima da me per questa cosa?» chiesi, sinceramente curiosa.

«Amo le nostre famiglie, ma a volte sono pazze», disse con una scrollata di spalle.

Scoppiai a ridere. «Verissimo», dissi quando finalmente ripresi fiato.

«Come stai?» chiese.

Feci roteare il vino nel bicchiere, guardandolo. «Abbastanza bene in realtà. A parte il dramma, è bello essere a casa. E tu?»

«È bello essere a casa. Sarebbe stato meglio non arrivare sulla scia dell'unico potenziale omicidio qui nell'ultimo secolo, ma è comunque bello essere a casa».

Ridacchiai di nuovo. «Lo so. Speriamo solo che sia stato solo un incidente».

# CAPITOLO QUINDICI

Liam e io eravamo seduti lì, a guardarci attraverso il bancone. Quella vecchia elettricità familiare si riaccese tra noi. Era come se un interruttore fosse stato spento per anni e improvvisamente fosse stato riattivato.

Il tempo e la distanza non si frapponevano più, né lo faceva la mia studiata indifferenza. Non dicemmo nulla. Ci limitammo a guardarci. Dopo un momento teso, un angolo della sua bocca si incurvò verso l'alto e mi fece l'occhiolino.

Per un momento, fu come se avessi di nuovo sedici anni e fossi immersa nella mia cotta adolescenziale per lui. A quel tempo, avevo abbracciato l'idea che fosse il mio destino innamorarmi di Liam e sposarlo. Voglio dire, chi non l'avrebbe fatto? Avevo gli ormoni che mi scorrevano nelle vene e uno dei ragazzi più carini della città che occupava le mie fantasie. Questo, combinato con le nostre famiglie che ci spingevano l'uno nelle braccia dell'altro dicendoci che era il nostro destino stare insieme, rendeva difficile resistere alla fantasia.

Ma questo era prima delle pressioni della vita, e prima che cercassimo di adattarci al mondo normale. Il college era già abbastanza difficile di per sé. Immagina essere qualcuno con le nostre storie collettive, cercando di integrarti quando dovevi tenere una parte di te profondamente nascosta.

Certo, Liam con i suoi occhi blu, il suo sorriso malizioso e i suoi capelli nero corvino era un vero spettacolo. Si poteva tranquillamente dire che era incredibilmente affascinante e non ero l'unica donna a pensarla così.

Dandomi una scossa mentale, presi un sorso di vino. «Dunque, non sono sicura di chi abbia il medaglione adesso. Jacob e zia Lea l'hanno portato con loro quando sono andati via ieri sera.»

Liam annuì. «Immagino che ce l'abbiano loro, ma sono certo che l'hanno nascosto da qualche parte speciale e probabilmente hanno già lanciato un altro incantesimo di protezione ovunque si trovi.»

«Di questo sono sicura. La mia famiglia intera è nel panico perché qualcuno ha cercato di danneggiarlo. Beh, non hanno solo cercato, ci sono riusciti.»

«Parlerò con lo zio Jacob domani», offrì Liam. «Perché non controlli tu con Lea?»

Mentre annuivo, Ghost saltò sul bancone. Si accomodò sulle zampe posteriori, con la coda che si muoveva avanti e indietro mentre guardava da Liam a me. Liam sorrise, guardando da Ghost a me. «Quindi hai ereditato un gatto?»

«A quanto pare», dissi con una risata sommessa. «Penso che stia a casa tua tanto quanto sta qui, però.»

Liam alzò gli occhi al cielo. «È così. Tua madre mi ha persino lasciato del cibo per lui.»

Gemetti, sentendo le guance che si scaldavano. «Stai scherzando. Mi dispiace tanto. Conosci mia madre. È convinta che siamo destinati a stare insieme.»

Questo argomento era un po' imbarazzante per me. Avevo fatto le mie scuse, eppure ero stata così sciocca. Voglio dire, accidenti, avevo accidentalmente dato fuoco a un edificio con un incantesimo perché ero gelosa. Non era mia intenzione farlo, ma quello era stato il risultato finale. Dubitavo che avrei mai smesso di ringraziare ogni dio dell'universo per il fatto che nessuno si fosse fatto male.

Liam sembrava molto più rilassato al riguardo, ma d'altronde lui non si era comportato in modo idiota come me. Bevve un sorso di birra, scrollando pensieroso le spalle. «Non è solo la tua famiglia. Avresti dovuto sentire mia madre l'altro giorno. Sono sicuro che hai sentito molto sull'incantesimo andato storto», offrì con un sorriso rammaricato. «Ma io ho sentito altrettanto sul mio matrimonio. Grazie a Dio è finito.»

Provai un lampo di gelosia che repressi rapidamente. L'ultima cosa di cui avevo bisogno era dar fuoco di nuovo a qualcosa. «Così male, eh?» riuscii a dire dopo un sorso di vino.

Scrollò di nuovo le spalle. «Lascia che ti dica questo. Non credo sia una scelta brillante per nessuno decidere di sposarsi a ventidue anni. Non sto dicendo che i matrimoni giovani non abbiano funzionato, ma la maggior parte delle persone a quell'età non ha le idee molto chiare sul quadro generale. Quindi c'è questo, ma non è nemmeno molto intelligente sposarsi in reazione a qualcos'altro. Vanessa era carina, non era cattiva né altro. È solo che non significava poi molto. Guardando indietro, se avessi usato il cervello, probabilmente saremmo usciti insieme per qualche mese e poi ci saremmo lasciati da amici. Invece...»

Le sue parole si spensero, i suoi occhi incontrarono i miei.

«Io sono diventata gelosa e accidentalmente ho dato fuoco a un edificio», offrì con uno sbuffo.

Lui ridacchiò. «Sì. Questo.» Il suo sguardo si fece serio. «Dato che siamo in argomento, ho sentito quello che ti ha detto.»

Ciò che mi aveva fatto perdere il controllo all'epoca era stato Vanessa che mi affrontava dopo una lezione e mi diceva che Liam le aveva detto che l'unico motivo per cui era mai stato con me era perché le nostre famiglie erano vicine e lo avevano fatto pressione. Anche se lei non conosceva la nostra storia piuttosto magica, sapeva abbastanza per farmi male. I dubbi avevano facilmente affollato la mia mente allora. Avevo anche un po' di carattere. L'ho sempre avuto. Suppongo che la lezione estremamente brusca e dolorosa che ho imparato dall'aver accidentalmente dato fuoco a quell'edificio è stata che *dovevo* imparare a controllare il mio temperamento.

Non avevo mai saputo se lui fosse a conoscenza di ciò che mi aveva detto. Mordendomi l'interno della guancia, incontrai il suo sguardo.

«Non era un grosso problema. Sono stata io a renderlo tale. Come l'hai scoperto comunque?»

«Oh, lei l'ha ammesso accidentalmente dopo il fatto. Comunque, pensavo che volessi sapere che non le ho mai detto niente del genere.»

Mi sentii così orgogliosa di me stessa in quel momento. Non andai nel panico. Mi sentivo strana perché era chiaro come il giorno che la chimica tra noi non era affatto scomparsa. Fu un sollievo sentire che non si era perdutamente innamorato di Vanessa. Perché è questo che il mio orgoglio infantile aveva creduto all'epoca.

Non ero una strega cattiva. Nonostante il mio cognome e il fatto che avessi accidentalmente bruciato un edificio in un impeto di rabbia.

Sorrisi con rammarico. «Beh, tutto succede nel modo in cui deve succedere, giusto? Tutti erano così invadenti all'epoca, ha solo reso tutto peggiore.»

Lui sostenne il mio sguardo, annuendo lentamente prima di prendere un altro sorso di birra. Dopo un momento, si guardò intorno nella dependance. «È bello che tu abbia ottenuto questo posto.»

«A proposito di questo, mi chiedevo perché tu non stia in una delle proprietà della tua famiglia.»

«Dimentichi. Ho cinque fratelli», offrì con una risata.

«Non l'ho dimenticato», replicai, stringendo gli occhi. «Non cambia il fatto che la tua famiglia ha molte proprietà e case.»

«Sì, beh, quando me ne sono andato e poi mi sono sposato, mia madre era così arrabbiata con me che ha sistemato tutti in qualsiasi cosa fosse disponibile. Al momento, non c'è niente per me. A meno che non si contino i venti acri che posso chiamare miei. Ma lì non c'è una casa. Vedrò quando potrò costruire e poi mi trasferirò.»

«Sono sicura che lo farai.»

La conversazione si spostò effettivamente su altri argomenti, oltre ai problemi recenti delle nostre famiglie pazze e alla tensione tra noi. Alla fine Liam si alzò per andarsene, e io lo accompagnai alla porta. Infilò la giacca e aveva già la mano sulla maniglia quando si girò indietro.

I nostri occhi si incontrarono, e non avrei potuto distogliere lo sguardo nemmeno se la mia vita fosse dipesa da quello, quando la sua testa si inclinò verso la mia. Mi lasciò stordita dopo la sua partenza. Un bacio di Liam Good mi ricordò con brutale chiarezza quanta chimica ci fosse tra noi. Il mio polso accelerò all'impazzata, la mia pancia faceva capriole, ed ero così accaldata che avevo bisogno di una doccia fredda.

# CAPITOLO SEDICI

La mattina seguente, feci una passeggiata nel parco cittadino, chiedendomi se avrei notato qualcosa di strano dopo gli eventi dell'altra sera. In un angolo lontano, vidi Isobel Martin con il suo club di giardinaggio. Il suo club era diventato una specie di barzelletta ricorrente. Isobel si vantava di avere una sorta di magia quando si trattava di giardinaggio.

La realtà era che aveva l'esatto opposto del pollice verde, e nemmeno un briciolo di magia per risolvere questo problema. Mi fermai a prendere un caffè da Magic Beans prima di tornare a passeggiare nel parco dopo aver visto che Isobel se n'era andata. Qualunque cosa avesse fatto non era andata molto bene. I suoi tentativi di giardinaggio erano paragonabili a bambini piccoli che si truccano. Le due nuove aiuole che aveva piantato potevano essere descritte al meglio come confuse. Le osservai per un momento, presi un respiro profondo e poi passai la mano sopra di esse. Ci sarebbero volute alcune ore, ma i fiori dall'aspetto triste si sarebbero raddrizzati in poco tempo.

Mi assicurai di sembrare come se stessi distrattamente esaminando i fiori, cosa non particolarmente difficile da fare, dato che c'erano molte persone in giro quella mattina. C'era anche il club di power walking, un gruppo di donne anziane guidate dall'entusiasta Beatrice Powers.

Il gruppo mi stava superando a passo spedito quando Beatrice si fermò bruscamente al mio fianco. Era un concentrato di energia in formato minuto. Era difficile credere che stesse per compiere novant'anni. Con i suoi capelli argentati corti, gli occhi castani vivaci e il sorriso ampio, era praticamente impossibile non sentirsi allegri in sua presenza.

«Moira! Come stai, cara? È così bello vederti. Mi piacerebbe fermarmi a chiacchierare, ma abbiamo posti dove andare».

«Continua pure», risposi con un sorriso, osservandola mentre riprendeva la sua camminata rapida, i gomiti che oscillavano selvaggiamente con le sue falcate veloci. I "posti" dove dovevano andare includevano essenzialmente giri ripetuti intorno al parco e alcune strade del centro.

Continuai il mio giro decisamente più tranquillo attorno al parco, sorseggiando il mio caffè e scrutando l'area. L'unica cosa fuori dall'ordinario che notai fu un segno di bruciatura sull'angolo di una delle panchine di granito. Stando vicino alla panchina, notai che offriva una visuale diretta verso la porta d'ingresso di Pozioni & Regali Schizzinosi. Che qualcuno fosse stato qui a lanciare l'incantesimo per danneggiare il medaglione o avesse preparato un oggetto per fare il lavoro sporco, questo era probabilmente il luogo in cui era avvenuto.

Dopo un altro lento giro intorno al parco, tenendo gli occhi aperti, determinai che non c'era altro da vedere. Dirigendomi verso Pozioni & Regali Schizzinosi, spinsi la porta ed entrai.

Zia Lea sorrise radiosa da dietro il bancone nel momento in cui mi vide entrare. «Ciao, cara! Sono così contenta che tu sia potuta venire di nuovo. Le ragazze sono d'aiuto, ma non sono brave come te».

Trattenni una risata. Zia Lea non era mai stata una che va per il sottile. A volte mi chiedevo cosa avesse da dire su di me. Oggi portava i capelli lunghi sciolti, spazzolati fino a renderli lucenti, con le poche striature nere che facevano sembrare l'argento quasi come brillantini.

Mi avvicinai al bancone, appoggiando il fianco contro di esso e prendendo un sorso del mio caffè. «Beh, hai detto che avevi altri appuntamenti. Non mi dispiace venire ad aiutarti quando ne hai bisogno».

«Ad essere perfettamente onesta, cara, vorrei che tu accettassi semplicemente di prendere il mio posto. Qualcuno della famiglia deve fare di questo il proprio progetto. Non sono più giovane come un tempo».

Sbuffai e non mi preoccupai nemmeno di trattenermi. «Sul serio, zia Lea? Non hai nemmeno sessant'anni».

Appoggiò una mano sul fianco, facendo tintinnare i suoi braccialetti d'argento. «Cara, ti mancano ancora alcuni anni prima di raggiungere i trenta. Non farmi la predica sull'età. Sarò la prima ad ammettere che le donne della nostra famiglia invecchiano in modo bellissimo e con grazia. Rispetto alla media delle quasi sessantenni, oserei dire che sono l'immagine della salute. Ma non sono certamente giovane come un tempo. È solo qualcosa a cui dovresti pensare».

«Va bene. Ci penserò. Ma per ora, sono qui per aiutarti. Di cosa hai bisogno che mi occupi mentre sei via?»

In quel momento entrò un cliente, e zia Lea si affrettò ad aiutarlo. Nel frattempo, scivolai dietro il bancone, riponendo la borsa e la giacca per poi tornare davanti. Zia Lea stava facendo il conto al cliente, vendendogli una piccola collana di giada e una bottiglia di *L'amore fa girare il mondo*.

Dopo che la donna si fu girata e la porta si chiuse dietro di lei, l'avvertii: «Giuro, faresti meglio a dirmi che quello non era un vero incantesimo d'amore».

Zia Lea si girò verso di me. «Tutto ciò che vendiamo è autentico, cara. Lo sai. Le pozioni generiche sono solo generiche. Non faranno nulla del genere di quello che è successo con il tuo capo. Quello ha richiesto un piccolo sforzo extra da parte mia», offrì con un leggero sorriso.

«Giusto. Lo so. Non osare fare nulla del genere con me adesso».

Zia Lea si avvicinò al bancone, agitando una mano in modo sprezzante. «Certo che no. Comunque, ecco cosa dobbiamo fare oggi».

Cominciò a elencare una lista di compiti. Una volta finito di pianificare la giornata, mi chiesi se fosse il momento giusto per chiederle di lasciare che Liam desse un'occhiata al medaglione. Considerando che non esisteva un momento ideale, mi buttai. «Quindi ho parlato con Liam ieri sera».

Questo attirò la sua attenzione. Mi guardò con un sorriso pieno di aspettativa. «A proposito di cosa, cara?»

«Non so se pensi sia una buona idea, ma se il medaglione è rotto, lui è l'unico qui intorno che potrebbe essere in grado di ripararlo».

Tamburellò con le unghie sul bancone di vetro, con lo sguardo pensieroso. «Jacob ed io ne abbiamo discusso ieri sera. Non usiamo quel medaglione da così tanto tempo che non pensavo a ciò che potrebbe fare. Per quanto mi riguarda, è una buona idea far provare a Liam a ripararlo. Voglio dire, cosa abbiamo da perdere?»

«Esattamente quello che abbiamo pensato io e Liam».

Zia Lea aprì la bocca per dire qualcosa prima di richiuderla con un sorriso. Immagino stesse per ricordarmi del mio destino. Per una volta, ci ripensò.

«Gli farò sapere che hai detto che andrebbe bene. Devo dirgli di incontrarti a casa?»

«Jacob ed io l'abbiamo, ma non è a casa nostra. Preferirei non dirti nemmeno dove si trova. Non perché sono preoccupata che tu possa fare qualcosa, ma meno persone lo sanno, meglio è. Che ne dici se lo portiamo a casa tua stasera e poi possiamo procedere?»

«Sembra una buona idea. Lo chiamerò più tardi».

Entrò un altro cliente, interrompendo efficacemente la nostra conversazione. Non c'era altro da dire. La mia mente tornò alla notte precedente, e proprio a ciò in cui avevo promesso a me stessa che non sarei caduta. Avevo baciato Liam. Era stato veloce e breve. Eppure, era come se un fulmine ci avesse colpiti entrambi.

# CAPITOLO DICIASSETTE

La giornata trascorse piuttosto tranquillamente. Sebbene zia Lea ammettesse liberamente che i gemelli non fossero particolarmente utili nel negozio, li mandò comunque giù per alcune ore. L'unica cosa in cui potevo dire fossero bravi era trattare con i clienti, e di questo ero grata. Adoravano chiacchierare e avevano ereditato dalla madre la capacità di vendere praticamente qualsiasi cosa.

Un vantaggio collaterale dell'essere in negozio era la scoperta che la mia nuova presenza in città aveva portato un flusso costante di abitanti del luogo, tutti curiosi di chiacchierare e aggiornarmi su qualsiasi cosa.

Quando Rebecca Bishop entrò, mi assicurai di essere io a servirla piuttosto che uno dei gemelli. Sapendo che zio Jacob credeva che un membro della famiglia Bishop avesse lanciato l'incantesimo che aveva distrutto la teca l'altra sera, non avrei lasciato sfuggire questa opportunità.

Rebecca aveva più o meno la mia età ed era stata qualche anno indietro rispetto a me a scuola. Come la maggior parte della sua famiglia, aveva capelli castani lucenti e occhi marroni. Era minuta e leggermente più bassa di me. Avvicinandomi, le chiesi: «Ciao, Rebecca, cosa posso fare per te oggi?»

Mi guardò con un sorriso educato. «Sono passata per trovare un regalo di compleanno per mia madre. Tua zia di solito ha alcuni dei migliori gioielli in città. Mia madre adora quei medaglioni.»

Si riferiva ad alcuni deliziosi medaglioni d'argento che venivano realizzati esclusivamente per il nostro negozio da un gioielliere di Portland, nel Maine. Erano davvero adorabili - in argento con intricati intagli sulla facciata e spazio sufficiente all'interno per conservare oggetti. Era come se mi avesse colpito in testa. Voglio dire, stava cercando un medaglione appena due giorni dopo che il potentissimo medaglione conservato qui sotto protezione era stato danneggiato.

L'accompagnai alla vetrina dove tenevamo i medaglioni decorativi, tirando fuori quelli che voleva vedere.

«Come vanno le cose?» chiesi.

Rebecca rispose mentre esaminava alcuni dei medaglioni. «Sai, come al solito. C'è sempre qualcosa che succede. Anche se, buon Dio, le ultime settimane sono state sufficienti a mandare la città in subbuglio.»

«Oh, intendi quello che è successo con Alvin?»

Alzando lo sguardo, Rebecca annuì. «Pensi che qualcuno lo abbia effettivamente ucciso?»

Mantenendo il suo sguardo, cercai di percepire se la sua domanda fosse innocente o se stesse cercando di farla sembrare tale. Il mio istinto era indeciso. Alzai le spalle. «Potrebbe essere un incidente con la stessa facilità con cui potrebbe essere un omicidio.»

Rebecca annuì. «Ma come al solito, le voci si diffondono.»

«Sulla mia famiglia, immagino», offrii con tono asciutto, senza nemmeno resistere all'impulso di alzare gli occhi al cielo.

Gli occhi di Rebecca si spalancarono. Non mi conosceva abbastanza bene da sapere quanto potevo essere schietta. Ridacchiai. «Beh, è vero. È sempre colpa di un Wicked o di un Good per ogni cosa negativa in città. O almeno così dicono. Peccato che non possiamo prendere credito per tutte le cose buone che succedono qui intorno.»

Sorrise incerta. «Immagino.»

Decisi di andare direttamente al gossip perché sapevo senza alcun dubbio che in città si parlava di ciò che era accaduto l'altra sera. «Già che siamo in argomento, hai sentito qualcosa su chi potrebbe aver danneggiato il medaglione conservato qui?»

Gli occhi di Rebecca si spalancarono, le sue mani si bloccarono sulla vetrina. «Um, um... no.»

«Oh andiamo, non provare nemmeno a dirmi che non hai sentito cosa è successo l'altra sera. Forse non sono stata in giro negli ultimi anni, ma una cosa che non cambierà mai a Charm Cove è il pettegolezzo. Si diffonde in città come un incendio. Quella teca», dissi, indicando quello che ora era un posto vuoto nel nostro negozio, «è stata distrutta e il medaglione bruciato.»

Gli occhi di Rebecca si spalancarono ulteriormente. Mentre le sue domande su Alvin potevano essere state innocenti, sapevo senza alcun dubbio che aveva sentito della teca e sapeva qualcosa al riguardo.

«Forza, vuota il sacco. Sai che abbiamo i nostri modi per scoprirlo comunque.»

Rebecca ora strinse gli occhi, un'espressione di affronto le attraversò il viso. «Non so niente. Tutto quello che ho sentito è che c'è stato un lampo di luce attraverso la finestra, e ha frantumato la teca. Questo è tutto ciò che ho sentito. Non so perché dovresti presumere che io sappia più di questo», disse, stringendo le labbra in una linea sottile.

La osservai, considerando se continuare a essere insistente. Non riuscivo a capire se sapesse di più. Ci fissammo in silenzio per un momento. Dopo una pausa, alzai le spalle. «Va bene. Comunque, hai deciso quale medaglione prendere per tua madre?»

«Sì», rispose Rebecca, con un tono che tradiva un accenno di alterigia. Selezionò quello che voleva, e feci impacchettarlo da uno dei gemelli prima che se ne andasse.

# CAPITOLO DICIOTTO

La sera in cui avremmo dovuto incontrare zio Jacob e zia Lea, perché Liam tentasse di usare la sua magia sul medaglione, non è andata come previsto. Non ne ero sicura, ma stavo cominciando a sospettare che zia Lea avesse qualche problema di salute. Tutto ciò che avevo ricevuto era un breve messaggio da parte sua che diceva che non sarebbe tornata da Portland in tempo per cena.

Stranamente, zio Jacob, che avrebbe certamente potuto incontrarci da solo, era andato a raggiungerla a Portland. Preoccupata, ho chiamato mia madre. Sono andata dritta al punto appena ha risposto. «Mamma, cosa sta succedendo a zia Lea?»

Mia madre, che di solito non esita a dire la verità in modo diretto, rimase in silenzio. Il suo sospiro filtrò attraverso la linea telefonica. «Non lo so, cara. Ovviamente, sono preoccupata anch'io, ma non vuole dirmi nulla. Dobbiamo solo aspettare e vedere.»

«Sai qualcosa?» insistetti.

Un altro sospiro. «No, non so niente. Se sapessi qualcosa e lei mi avesse fatto giurare di mantenere il segreto, te lo direi. Ma non parla. Ho persino chiamato Jacob questa mattina per cercare di fargli dire qualcosa. Non è servito a nulla. Quell'uomo è schiavo di lei fin dall'inizio. Se lei non vuole che parli, lui non parlerà.»

Nonostante la mia preoccupazione, non ho potuto fare a meno di ridere. Naturalmente, mia madre pensava di poter comandare tutti a bacchetta. Era fatta così. «Beh, se senti qualcosa, fammelo sapere. Ho intenzione di occuparmi del negozio domani visto che non so se lei tornerà.»

«So che lo apprezzerà», rispose mia madre.

Sentii un altro telefono squillare in sottofondo e mia madre si affrettò a concludere la chiamata. Infilando il telefono in tasca, spinsi la porta d'ingresso della dépendance, aspettando che Ghost atterrasse sulla mia spalla. Beh, non so se atterrare fosse la parola giusta per descrivere quello che faceva. Usava la mia spalla come trampolino per saltare sul pavimento.

Nella breve settimana in cui ero tornata a casa, avevamo stabilito una routine. Saltava giù dallo scaffale su di me, rimbalzava sul pavimento e poi si sedeva lì con la coda che si muoveva nervosamente, solo per tornare al suo trespolo nel giro di pochi minuti.

Mentre stavo considerando cosa preparare per cena, il mio telefono vibrò in tasca. Tirandolo fuori risposi: «Pronto.»

«Ehi, sono Zoe.»

Il peso della preoccupazione per zia Lea si alleggerì leggermente. Era bello essere tornata dove c'erano vecchi amici.

«Ehi, che succede?»

«Beh, ho ricevuto un invito per una cena alla casa di Amber Ouellette stasera. Ho pensato che ti sarebbe piaciuto venire con me. Daniel pensa che abbiano potuto avere motivo di essere arrabbiati con Alvin, perché possiedono un sacco di terreni. Stavo pensando che potremmo andarci, tu potresti metterti in pari con tutti, e potremmo fare le curiose nel frattempo.»

«Perfetto. Stavo morendo di fame e mi chiedevo proprio cosa avrei fatto per cena.»

«Dammi dieci minuti e passerò a prenderti.»

Come promesso, Zoe arrivò con la sua piccola jeep rossa malconcia nel giro di pochi minuti. Sembrava che non fossi mai partita mentre attraversavamo la città dirette verso la casa di Amber. La sua casa si trovava appena oltre la loro vasta azienda di legname. L'attività del legname era nella loro famiglia da secoli, iniziata ai tempi in cui la foresta si estendeva dalla costa orientale fino al Mississippi in una marcia ininterrotta di alberi. Di tanto in tanto, mi fermavo a pensare a come doveva essere la natura selvaggia a quei tempi. Qui, lungo la costa centrale del Maine, avevamo ancora un lembo di quella natura incontaminata. Faceva troppo freddo e gli inverni erano troppo lunghi perché molti si avventurassero qui oltre i mesi estivi.

Assorbii i panorami familiari mentre attraversavamo la città. Una volta superato il centro città vero e proprio, il paesaggio era costellato da un mix di attività commerciali e vecchie case coloniali. Il New England ospitava un mix di pescatori e agricoltori. Il faro di Beacon's Charm era visibile in lontananza, con la sua distintiva verniciatura a strisce rosse che risaltava.

«Chi lo gestisce adesso?» chiesi a Zoe.

«Il cugino di Liam, Nathan. Tuo cugino lo ha venduto a loro proprio intorno al periodo in cui sei partita per l'università.»

«Ah, giusto. Me l'ero dimenticato. Allora, qualche novità da Daniel?» chiesi, cambiando argomento.

Zoe sospirò, in modo piuttosto teatrale. «No. Si è chiuso come un'ostrica. È paranoico che troppe persone stiano spettegolando e che questo interferisca con la sua indagine. Amo quell'uomo, ma Dio, a volte prende il suo lavoro troppo sul serio. Ha anche sentito dell'incidente nel tuo negozio l'altro giorno. Voleva che ti chiedessi perché non l'hai chiamato.»

«Per dirgli cosa? Era magia. Non c'è dubbio su questo.»

Zoe ridacchiò. «È esattamente quello che gli ho detto. Ma sai com'è Daniel, gli piace sapere tutto. Credo anche che si senta sempre un po' escluso dalle faccende da streghe. A proposito di uomini, ho visto la macchina di Liam a casa tua l'altra sera.»

La guardai di traverso, cogliendo il suo sorriso malizioso prima che si mordesse il labbro.

«Adesso mi tieni sotto controllo? Per favore, non trasformarti in mia madre», dissi con una risata bonaria.

«Oh mio Dio», disse lei alzando gli occhi al cielo. «Non mi trasformerò in tua madre. Mi stavo solo chiedendo perché si trovasse lì. Il fatto che la tua faccia sia rossa come un pomodoro mi fa pensare che potrebbe esserci qualcosa sotto.»

«Ugh. Odio ammetterlo, ma lui riesce ancora a farmi effetto. Voglio dire, quell'uomo è troppo bello per il suo bene. Senza giochi di parole», dissi riferendomi al cognome di Liam.

«Persino io lo vedo. Però essere belli non significa molto.»

«Giusto. Lo so. Potrei averlo baciato», ammisi finalmente.

Zoe scoppiò a ridere, battendo la mano sul volante mentre svoltava sulla strada che portava alla casa di Amber. «Potresti?»

«Ok, l'ho baciato. Sai, se non fosse stato per le nostre famiglie impiccione, potremmo essere ancora insieme. Ma tutta quella pressione...» mi fermai, passandomi le mani tra i capelli. «Era abbastanza da farmi impazzire.»

«Beh, e a te piace contraddire», aggiunse mentre fermava l'auto, parcheggiando a fianco di altre vetture sul lato del vialetto.

Slacciando la cintura di sicurezza, mi girai a guardarla. «Cosa intendi dire che mi piace contraddire?»

«Proprio questo. Credo che persino tu possa ammettere di avere un po' di carattere, e odi quando le persone ti dicono cosa fare. Quindi sei testarda. Chi se ne importa? Che questa storia del destino significhi qualcosa o meno, se ti piace Liam, non importa davvero.»

Le mie guance si scaldarono di nuovo, e mi morsi l'interno della guancia. «Giusto», dissi finalmente. «Beh, chissà cosa succederà? Nel frattempo abbiamo dei pettegolezzi da raccogliere.»

———

Nel giro di pochi minuti, Zoe e io stavamo salutando Amber Ouellette. Dato che non sapevo nemmeno che sarei venuta, non avevo portato nulla per la cena, ma Zoe aveva saggiamente portato una casseruola di pesce, essenzialmente una miscela di merluzzo, formaggio cremoso, riso e formaggio. La cena era piena di vecchi amici, tra cui Amber, insieme a diversi dei suoi cugini, e un gruppo di amici del liceo e dell'università.

Dopo i soliti saluti, un gruppo di noi era seduto nel soggiorno con un grande divano a forma di L e alcune sedie attorno a un tavolino. Mi stavo godendo un bicchiere di vino, mentre Zoe ci intratteneva con la storia dell'estate scorsa, quando aveva quasi affondato la piccola barca da pesca della sua famiglia.

«Avreste dovuto vedere. Tiravamo fuori l'acqua senza sosta, e non si fermava. Ricordo di aver pensato che ero così contenta che fossimo nella baia, ma ero anche imbarazzata. Voglio dire, eravamo appena abbastanza lontani dai moli che tutti potevano stare lì seduti a guardarci. Non era un problema essere soccorsi, semplicemente non volevamo perdere la barca», disse alzando gli occhi al cielo.

Amber ridacchiò, scostandosi i capelli biondi dalle spalle. Gli Ouellette avevano quasi tutti i capelli biondi e gli occhi azzurri, e Amber non faceva eccezione. «Me lo ricordo. Ero sui moli. Mio padre pensava fosse ridicolo. Diceva che avreste dovuto lasciar affondare la barca.»

Zoe scrollò le spalle. «Conosci mio padre. Non importa che la barca sia antica e che avremmo dovuto disfarcene molto tempo fa, odia buttare via qualsiasi cosa.»

La conversazione continuò a serpeggiare. A un certo punto, naturalmente, l'argomento si spostò sull'annegamento di Alvin Pearson. Amber lo tirò fuori per prima. «Ancora non ci credo. Nella fontana! È orribile, e perché tutti pensano che sia stato un omicidio?» chiese.

Tutti gli occhi si girarono verso di me in momenti diversi. Capitava che fossi l'unica Wicked presente questa sera. Come al solito, decisi di affrontare le speculazioni direttamente. «Beh, si presume sempre che qualcuno della mia famiglia o della famiglia Good abbia avuto qualcosa a che fare con questo. Non so perché questa volta. Tutte le nostre proprietà commerciali erano già nella zona commerciale originale, quindi capita che siamo una delle poche famiglie che non ne saranno colpite.»

Quando nessuno rispose, continuai, gettando la cautela al vento. «Voglio dire, la vostra famiglia si trova in una situazione completamente diversa», dissi, guardando dritto Amber. «Voi gestite questa attività di legname da quanto? Tipo due secoli. Per tutto questo tempo è stata fuori dalla zona destinata agli affari. Fidatevi, le tasse della vostra famiglia ne risentiranno.»

Gli occhi di Amber si allargarono e le sue labbra si tesero. Rimasi sorpresa quando una delle sue cugine intervenne.

«È esattamente quello che ho detto io», disse Rachel Ouellette.

«Voglio dire, non siamo l'unica famiglia che ne sarà colpita. Ma è logico che quelli che ne saranno maggiormente colpiti sarebbero più arrabbiati con Alvin. Se è successo qualcosa. Per quanto ne sappiamo, potrebbe essere stato un incidente.»

Anche Sarah Baker intervenne. «Io ero alla riunione di zonizzazione quella sera. Avresti dovuto sentire Dolores Lewis. Gli si è scagliata contro.»

«Sì, ma lei si agita per tutto», aggiunse Amber.

«Beh, e poi era fuori città la settimana in cui Alvin è morto.»

Tutti si girarono all'unisono per guardare Patsy Walker, che annuì semplicemente, facendo oscillare i suoi riccioli castani.

«Davvero?» chiesi. «Perché ho sentito la stessa cosa sul suo sfogo alla riunione di zonizzazione. Ma se era fuori città quando Alvin è morto, questo la esclude completamente.»

«Esattamente. Come fai a sapere che era fuori città?» chiese Zoe, rivolgendo la sua domanda a Patsy.

«Perché mia madre vive accanto a Dolores. Dolores era in visita da sua figlia a Boston per tutta quella settimana. Mia madre si prende cura dei suoi gatti e innaffia le sue piante quando è via. È sicura al cento per cento che Dolores era fuori città.»

Ci fu un piccolo mormorio tra tutti. Non sembrava importare a nessuno che la morte di Alvin potesse essere stato semplicemente un incidente.

Amber, prendendo spunto da me, decise di essere altrettanto diretta. «Beh, non so perché tutti dovrebbero iniziare a spargere voci su di noi. Senza offesa», disse, lanciando uno sguardo nella mia direzione, «ma anche se abbiamo questa attività da sempre, non possediamo la maggior parte dei terreni.»

«E allora, chi li possiede?» chiese Rachel.

Mi trattenni dal ridere quando Amber lanciò un'occhiataccia a sua cugina. «Ottima domanda. Perché in realtà non lo so», disse. Amber lanciò un'occhiata a Zoe. «Potresti voler informare Daniel. Penso che sappia già che Dolores ha un alibi. Faremmo meglio a scoprire chi possiede tutte le proprietà perché io non lo so. L'ho chiesto a mia madre e, se lo sa, non dice nulla.»

«Buon Dio. Il primo omicidio, o no, in più di cento anni a Charm Cove e ci sono un'infinità di sospetti», disse Rachel.

«Lo so. È un po' un casino», dissi scuotendo la testa. «Forse dovremmo spettegolare di qualcos'altro.»

Zoe ridacchiò. «Buona idea.»

«Perché non ci aggiorni su te e Liam?» chiese Patsy.

Sentii le mie guance scaldarsi, ma lo ignorai. «Non c'è nulla da raccontare. Non ho neanche vissuto nello stesso posto di lui negli ultimi tre anni.»

Rachel intervenne. «Sì, ma ora sì, e lui è divorziato.»

Resistetti all'impulso di fulminarla con lo sguardo. La mia mente tornò istantaneamente al bacio di Liam dell'altra sera. Non avevo intenzione di condividere quel pezzetto di informazione. Sebbene fossi in buoni rapporti con quasi tutti qui, non ero disposta ad alimentare il fuoco dei pettegolezzi su Liam e me. Mi strinsi nelle spalle. «E allora? Non è niente di più che una coincidenza che siamo entrambi tornati in città ora. Perché non mi aggiornate voi su tutti i pettegolezzi che mi sono persa mentre ero via? Perché io non ho novità.»

Zoe, da buona amica qual era, intervenne, spostando abilmente la conversazione su altri argomenti. Mentre ce ne andavamo più tardi quella sera, nel momento in cui le portiere della jeep di Zoe furono chiuse, ci guardammo l'un l'altra. «Dunque, Dolores è fuori, e dobbiamo scoprire chi possiede tutti i terreni boschivi.»

# CAPITOLO DICIANNOVE

Alcuni giorni dopo, con pochissimi sviluppi su chi avesse rotto il medaglione e se la morte di Alvin fosse un omicidio o un incidente, mi fermai da Magic Beans. Entrai facendomi strada all'interno e mi guardai intorno. Il posto non era cambiato molto negli ultimi anni, con l'eccezione delle opere d'arte locali esposte alle pareti.

Magic Beans era, come si può intuire, una caffetteria e pasticceria. Si trovava sul lato opposto della piazza cittadina rispetto a Persnickety Potions & Gifts, in una vecchia casa coloniale. Magic Beans occupava tutto il piano terra, mentre al piano superiore c'erano appartamenti. La cucina era su un lato delle scale al centro dell'edificio, con il caffè e un bancone dall'altro lato. Le alte finestre lasciavano entrare molta luce, illuminando i pavimenti in legno e mantenendo lo spazio luminoso. Ogni finestra aveva vetrate colorate nella parte superiore, aggiungendo un tocco di colore. Nella zona caffè, piccoli tavoli rotondi erano sparsi per lo spazio.

Facendomi strada tra i tavoli verso il bancone sul retro, trovai Liam in fila. Al suo fianco c'era Susie Gillis, una giovane donna che aveva frequentato il liceo con noi. Non la conoscevo particolarmente bene. L'unica parola che mi veniva in mente per descriverla era "insipida". Aveva capelli castano chiaro, occhi azzurri e un fisico minuto. Non avevo idea del perché fosse con Liam. Ad aumentare la mia curiosità c'era l'espressione sul suo volto, decisamente strana.

Per un momento, mi chiesi se fossero qui per prendere un caffè insieme. Ma poi Liam si girò e mi vide, e sul suo volto apparve un'espressione di sollievo. «Moira!» esclamò, con un entusiasmo insolito per lui.

«Ciao, Liam», risposi educatamente. Non ci eravamo visti da quando ci eravamo baciati l'altra sera, ma non l'avevo dimenticato. Per niente. A dire il vero, quel breve bacio aveva occupato fin troppo spazio nei miei pensieri. Incontrarlo qui con Susie mi fece sentire confusa e un po' gelosa.

Mi rimproverai severamente, ricordando a me stessa che non stavamo insieme e forse non eravamo mai destinati a stare insieme. Certo, dovevo anche ricordarmi che solo perché stava prendendo un caffè con Susie non significava che ci fosse qualcosa tra loro.

Susie si girò, i suoi occhi si illuminarono quando mi vide. «Ciao, Moira. Ho sentito che eri tornata a casa. Come stai?»

«Sto bene, e tu?»

«Sto benissimo, davvero benissimo», disse Susie, alzando gli occhi verso Liam, con un sorriso ironico sul viso.

Anche se l'avevo conosciuta crescendo, non eravamo state particolarmente legate. Lei non proveniva sicuramente da una famiglia di streghe. La sua famiglia faceva parte del gruppo di famiglie locali che non sapevano nulla delle storie di stregoneria dei Wickeds e dei Goods e di alcune altre famiglie. Aveva un'innocenza che era un po' irritante. Non avevo motivo di non gradirla, ma non potevo fare a meno di essere leggermente infastidita dal modo in cui fissava Liam. Dovetti ricordare a me stessa di nuovo che Liam e io ci eravamo lasciati più di tre anni fa, e non avevo alcun diritto su di lui, indipendentemente da ciò che la mia stramba famiglia insisteva nel dire.

Liam si allontanò da Susie per avvicinarsi a me, quasi come se stesse cercando di far sembrare che fossi lì per incontrarlo. Mentre riflettevo su questo, lui parlò. «Sono così felice che tu sia potuta venire», commentò, confermando immediatamente il mio pensiero.

Anche se non avevo idea di cosa stesse facendo, ero felice di stare al gioco. «Mi dispiace essere arrivata con qualche minuto di ritardo», risposi.

Il suo sorriso in risposta cambiò appena la linea delle sue labbra, ma riconobbi il bagliore nei suoi occhi. «Nessun problema. Stavo per ordinare un caffè anche per te».

Susie ci guardò alternativamente. «Mi sento così sciocca. Ho confuso Liam con il mio ragazzo Timmy».

Liam incontrò il mio sguardo, con un luccichio negli occhi. «Te ne sei accorta abbastanza in fretta», disse a Susie.

Lei scosse la testa con una risatina leggera. «Non posso credere di averlo fatto». Guardandomi, alzò gli occhi al cielo. «Ho davvero pensato che fosse Timmy e ho cercato di abbracciarlo». Volgendosi di nuovo verso Liam, sospirò. «Mi dispiace tanto. Devi aver pensato che fossi pazza».

«Beh, mi hai certamente sorpreso, ma nessun danno», rispose Liam con un sorriso divertito.

Percepii che c'era qualcosa di strano, ma pensai che fosse meglio lasciare le cose come stavano.

«È bello vederti, Susie. Come stai?» chiesi.

«Oh, sai. Vivo la vita. Aiuto mia madre con la sua attività di contabilità. Timmy e io stiamo pensando di trasferirci a Boston, e voi due invece tornate a Charm Cove. È una di quelle cose epiche, una seconda occasione?» chiese, sorridendo guardandoci entrambi.

Oh cavolo. I nostri circoli sociali non si erano sovrapposti molto con quelli di Susie. Era chiaro che non fosse completamente al corrente della nostra rottura piuttosto movimentata. O forse lo era. In fondo aveva detto *epica*.

Non ero una grande fan delle bugie, ma non volevo davvero soffermarmi su questo argomento. Sentii le guance accaldarsi e le ignorai. «Sto solo riprendendo i contatti con i vecchi amici», dissi, sorvolando completamente su quell'argomento.

Susie sorrise, il suo cellulare suonò opportunamente in quel momento. Tirandolo fuori dalla borsa, guardò lo schermo. «Oh, devo rispondere. È stato bello chiacchierare!» Uscì dalla fila e prese la chiamata vicino alla porta.

Liam e io aspettammo in silenzio in fila. Non dicemmo nulla

mentre ordinammo i nostri caffè. Anche se non avevo intenzione di fermarmi a bere il caffè, pensai che tanto valeva farlo adesso.

Scivolando a un tavolo nell'angolo, presi un sorso corroborante del mio caffè e poi guardai Liam. «Allora, di cosa si trattava?»

«Cosa?»

«Uh, far finta che fossi qui per incontrarti per un caffè».

Liam ridacchiò e scrollò le spalle. «Oh, stava facendo ogni tipo di domande, quindi ho pensato che sarebbe stato più semplice avere una via d'uscita. E poi, cosa c'è di male a prendere un caffè insieme?»

Lo osservai e alla fine scrollai le spalle. «Nulla. Su cosa stava facendo domande?»

«Ha sentito parlare della storia del medaglione e mi ha detto che il suo ragazzo Timmy pensa che sia stato un laser».

«Eh?» fu tutto ciò che riuscii a pronunciare in risposta.

Liam ridacchiò. «Esattamente. Comunque, Juliette è passata questa mattina e ha menzionato di aver visto Ghost».

«Cosa?!»

«Lei abita proprio in fondo alla strada dalla proprietà dei tuoi genitori. Comunque, l'ha visto annusare intorno a un vecchio pozzo abbandonato, e ha trovato due bacchette rotte lì. Ah, e mi ha avvertito che mia madre è infastidita perché ci stiamo mettendo troppo a capire le cose».

Juliette era una delle sorelle di Liam. Prima che il mio incantesimo-andato-storto incendiasse accidentalmente un edificio, eravamo state molto vicine. Era qualche anno più giovane di me e aveva un senso dell'umorismo astuto. Le mie guance si arrossarono di nuovo. Non era solo la mia famiglia, ma anche quella di Liam. Per l'amor del cielo, non avevano idea del concetto di lasciar sviluppare le cose naturalmente.

Liam incontrò il mio sguardo con una scrollata di spalle e una risatina. «È quel che è».

Per un momento, pensai che si stesse riferendo a tutta la questione del *destino-fato-doveva-essere-così* per noi. Ma poi il suo sorriso si allargò e mi fece l'occhiolino, rendendo chiaro che stava scherzando.

La cosa triste era che c'era una parte di me – la parte sciocca e ingenua – che voleva ancora credere nel nostro presunto destino. C'era qualcosa di così semplice in tutto ciò. Eppure, era simultaneamente semplice e terrificante.

Anche se comprendevo il potere delle streghe e dei maghi ed ero cresciuta immersa nelle leggende e nei misteri di tutto ciò, era ancora piuttosto sbalorditivo per il mio cervello afferrare il concetto. Alcune streghe qualche secolo fa avevano lanciato un incantesimo su due famiglie che era destinato a durare per l'eternità. Ecco *quello* sì che era un tipo di magia.

Scacciando quei pensieri, alzai gli occhi al cielo e presi un sorso del mio caffè, riportando la mia attenzione su Ghost e le bacchette rotte. «Quindi cosa ha fatto Juliette con le bacchette? Pensi che significhino qualcosa?»

«Le ha portate a me, e ho detto a Jacob che le avrei portate più tardi. Penso che sia meglio che lui dia un'occhiata prima che io le ripari. Non credi?»

«Certo, ma... Pensi che fossero bacchette vere, non solo giocattoli?»

Dato che vendevamo l'equivalente di bacchette giocattolo nel nostro negozio, non era assurdo pensare che due bambini le avessero lasciate da qualche parte mentre giocavano. Il formicolio alle mie dita diceva il contrario, ma la domanda valeva la pena di essere posta.

Liam prese un sorso di caffè e annuì con decisione. «Oh, erano magiche senza dubbio».

Presi qualche sorso di caffè, considerando cosa potesse significare, se mai avesse un significato. Ero anche curiosa riguardo al fatto che Ghost le avesse trovate. Il vecchio pozzo abbandonato non era troppo lontano, ma lui non sembrava vagabondare molto.

«Beh, suppongo che verificheremo con Jacob e proseguiremo da lì». Non volevo proprio affrontare il suo commento su sua madre, ma sembrava che stessi dicendo di più ignorandolo. «Quanto a tua madre, beh, può unirsi al club con la mia e zia Lea».

Lui ridacchiò. «Sono sicuro che abbiano già chiacchierato».

Liam tendeva ad avere un'espressione seria. Con i suoi lineamenti scolpiti, i capelli scuri e gli occhi azzurro ghiaccio, poteva apparire minaccioso. Quando sorrideva, oh, mi faceva sentire cose dentro.

Presi un altro sorso di caffè, alzando lo sguardo quando la cameriera si fermò al nostro tavolo. «Vi serve qualcos'altro? Abbiamo scones freschi e rotolini di prosciutto se volete».

«Vorrei un rotolino di prosciutto», rispose Liam, guardandomi. «Tu?»

«Prenderò lo stesso», dissi.

I rotolini di prosciutto qui erano celestiali. Non ne mangiavo uno da anni. La nostra cameriera annuì e si allontanò in fretta. Liam appoggiò un gomito sul tavolo, il suo sguardo si fece serio. «Volevo chiederti, hai sentito qualcosa su Lea?»

Presupposi che avesse sentito le stesse voci che avevo sentito io sulla sua salute. «Sono preoccupata. Anche mamma lo è. A quanto pare, sta andando a Portland ogni paio di settimane per visite mediche. Non vuole dire a mia madre cosa stia succedendo. Hai sentito qualcosa da Jacob?»

Liam scosse la testa. «Non più di questo, ma sembra preoccupato. Non è un uomo che si preoccupa facilmente».

«Lo so. Spero che lo dicano a qualcuno presto. Non l'avevo pianificato così, ma il momento del mio ritorno a casa è stato buono. Mia madre non ha tempo di aiutare nel negozio. Ha abbastanza da fare con la gestione delle proprietà».

«E le gemelle», aggiunse Liam con un sorriso.

«Che vuoi dire?»

«Oh, solo che sembrano impegnative. Sono sicuro che siano d'aiuto, ma non riesco a immaginarle in carica al negozio. Troppa magia a portata di mano. Tu e Emma ne combinavate già abbastanza».

Il ricordo di quei giorni quando ero al liceo e Emma ed io ne combinammo di tutti i colori mi avvolse il cuore di calore. Era impossibile non sorridere. Nonostante le mie frustrazioni per quanto fosse piccola Charm Cove e per com'era far parte della mia famiglia unica, amavo questo posto.

Non avevo realizzato quanto mi fosse mancato potermi rilassare riguardo a chi ero. Non che fosse difficile nascondere il fatto che ero una strega. Per la persona media, il potere e la magia condivisi tra le famiglie di Charm Cove erano roba da miti e leggende. Eppure, era una parte enorme di me che avevo dovuto nascondere. O così avevo pensato – tutto perché avevo fatto qualcosa di così impulsivo e sciocco.

Non ero molto più grande, ma tre anni erano un lungo periodo in termini di maturità. Ero decisamente più saggia.

«Le gemelle combinano guai la maggior parte del tempo, ma hanno buone intenzioni. Penso che siano preoccupate anche loro per la madre».

«Beh, Jacob mi ha chiamato questa mattina e ha detto che finalmente potevano incontrarci con il medaglione. Non vuole dire a nessuno dove sia».

«Lo so. Sono ridicoli. Come se lo dicessimo a qualcuno», dissi alzando gli occhi al cielo.

Liam scrollò le spalle. «Non penso sia una questione di fiducia in noi. Pensano che meno persone lo sanno, meno rischi ci siano».

# CAPITOLO VENTI

La sera seguente, Liam venne alla mia casa carrozza insieme a zio Jacob e zia Lea. Ghost non era più impressionato da loro che da me e si preoccupò di rimbalzare sulla spalla di Jacob mentre entrava dalla porta.

Liam sbuffò alla vista di Jacob che guardava Ghost mentre atterrava con grazia sul pavimento. Jacob, ben oltre l'età della gioventù e della sciocchezza, alzò gli occhi al cielo e scosse la testa, troppo dignitoso per rispondere.

Zia Lea entrò con un turbinio della sua gonna verde smeraldo e un rapido movimento dei capelli argentati sopra la spalla, apparendo altera ed elegante come sempre. La guardai attentamente, cercando di valutare come stesse. Era sempre stata snella, ma ora che prestavo attenzione, sembrava un po' più emaciata del solito. Sembrava anche leggermente stanca. Volevo esigere che ci dicesse cosa stesse succedendo, ma ora non era decisamente il momento. Li accompagnai al piccolo tavolo da pranzo sul lato del bancone della cucina.

«Volete qualcosa da bere?» chiesi.

«Prenderò una birra», rispose Liam.

Jacob scosse la testa, mentre zia Lea intervenne. «Prenderò un bicchiere di vino, grazie».

Li servii rapidamente entrambi, dando a Jacob un bicchiere d'acqua. Avevo già apparecchiato la tavola con i piatti e avevo un vassoio di antipasti al centro del tavolo. Non sarebbe stato appropriato avere ospiti senza offrire qualcosa da mangiare. Avevo preparato sfogliatine all'aragosta - piccole paste ripiene di aragosta e formaggio cremoso. Mentre Jacob si servì rapidamente, non mi sfuggì il fatto che zia Lea non lo fece.

Mi diedi mentalmente una scossa. Non era il momento di leggere troppo in qualcosa quando non sapevo nemmeno se ci fosse qualcosa che non andava.

Dopo qualche minuto di chiacchiere, Jacob raggiunse la tasca interna della sua giacca. Era l'epitome del gentiluomo distinto, quasi sempre vestito con pantaloni eleganti e giacca. Anche quando indossava jeans, metteva la camicia nei pantaloni e aggiungeva una giacca, proprio come mio padre. Entrambi avevano un'aria di tempi passati - come se fossero passati attraverso un portale dal passato al presente.

Jacob posò con cura il medaglione su un pezzo di lana rossa sul tavolo. Erano passati diversi giorni da quando avevo visto il medaglione nel suo stato bruciato. Mi sorprese ancora vederlo così. Il medaglione era un cerchio perfetto. La superficie in argento sterling aveva uno stemma intricato della nostra famiglia inciso sulla parte anteriore. L'interno conteneva una ciocca di capelli di un'antica strega della mia famiglia - una strega celtica dall'Irlanda.

La fusione di francese e irlandese nella mia famiglia era materia di mito e leggenda. C'erano potere e magia intrecciati attraverso entrambi i rami della mia famiglia. La storia narra che all'inizio del 1600, le due famiglie si unirono insieme in Massachusetts con il primo matrimonio di una strega e uno stregone. I dettagli rimanevano confusi su quando il nome Wicked entrò in uso, ma si diceva fosse un cenno alla profondità del potere detenuto dalle famiglie e alla capacità di respingere qualsiasi minaccia.

Comunque, divago, o forse no. In sintesi, la ciocca di capelli era della strega di quel primo matrimonio. Lei aveva previsto ciò che sarebbe accaduto a Salem, e come avrebbe fatto a pezzi molte famiglie potenti lasciando la macchia della paura e della morte nella sua scia. I Wicked e i Good si erano spostati a nord, nel Maine, come risultato del suo avvertimento. La sua capacità di vedere gli eventi prima che accadessero era leggendaria e aveva salvato entrambe le famiglie.

Nel presente, potrebbero essere bastate solo poche ore per andare dal Massachusetts al Maine, ma all'epoca, arrivare da Salem, Massachusetts, fino alla costa centrale del Maine richiedeva giorni e giorni di viaggio, tanto che pochi facevano il viaggio, o persino lo consideravano. Con i Wicked e i Good che lasciavano la zona quasi due decenni prima che l'isteria raggiungesse il culmine, le due famiglie riuscirono a rafforzare il loro potere lontano dalle minacce affrontate da altre famiglie magiche. Siamo sopravvissuti e prosperati. North Salem era ormai solo un mito, mentre Charm Cove era venuta alla luce.

Chi avrebbe potuto sapere all'epoca che la città sarebbe diventata affascinante e incantevole per i turisti? La magia era tutta lì, esposta al mondo, nel nome della città, eppure nessuno se ne accorgeva.

Il medaglione giaceva tranquillamente al centro del tavolo. La sua superficie era bruciata quasi completamente. Jacob lo aprì con cura. I capelli all'interno erano intatti. La lunghezza dei capelli neri e argentati era avvolta in un cerchio stretto.

Quando chiuse il medaglione, emisi un silenzioso sospiro di sollievo. Mentre Liam aveva il potere di ripristinare gli oggetti al loro stato originale, i capelli della mia quadrisavola non erano un oggetto. Eppure, i capelli erano ciò che conteneva la magia. Non sapevo se fosse possibile per lui ripristinare la magia se i capelli stessi fossero stati bruciati.

A un cenno di Jacob, Liam sollevò il medaglione. Tenendolo nelle mani, le chiuse intorno ad esso e lasciò che i suoi occhi si chiudessero. Eravamo tutti completamente silenziosi. L'aria iniziò a ronzare intorno a noi, brillando di scintille. Era difficile per me immaginare a volte quanto fosse potente.

Avevo cercato così tanto di non pensare alla magia e al potere che ne derivava. Osservando Liam ora, il suo viso era calmo e sereno. L'aria intorno a lui si tinse di una tonalità blu-lavanda.

Zia Lea e Jacob erano silenziosi, e percepii che zia Lea stava lanciando un incantesimo intorno a noi. Aveva il potere di contenere, e potevo sentire il calore che ci circondava, proteggendo lo spazio.

Dopo diversi momenti, Liam aprì gli occhi. Il blu intorno a lui iniziò a svanire. Le scintille caddero lentamente sul pavimento, scomparendo alla vista. Nel frattempo, zia Lea mantenne l'incantesimo di contenimento attorno a noi, mentre io ero pronta a farci tutti scomparire se necessario. Chiunque avesse danneggiato il medaglione probabilmente ci stava tenendo d'occhio.

Liam poggiò con cura il medaglione mentre apriva le mani. Era in condizioni perfette, la sua intera superficie riparata e senza macchia. Letteralmente come nuovo. In questo caso, nuovo significava quasi quattrocento anni. Il medaglione non era stato visto così dal giorno in cui era stato creato. Anche se ben curato in una custodia protettiva, la superficie si era ossidata nel corso degli anni. Eppure ora era perfetto.

Lanciando uno sguardo a Liam, Jacob disse: «Sapevo che ci saresti riuscito».

Zia Lea rimase in silenzio, probabilmente perché stava usando molto potere per mantenere il cerchio attorno a noi. Jacob sollevò il medaglione nelle sue mani. Tra la sua capacità di vedere tracce di incantesimi e la capacità del medaglione di dirci chi li aveva lanciati, ora sarebbe stato il momento di scoprire cosa era successo quella notte.

Jacob tenne il medaglione, chiudendo gli occhi. L'aria intorno a noi cominciò a ronzare dolcemente di nuovo. Dopo diversi momenti, aprì gli occhi e depose il medaglione. Rimase in silenzio mentre lo avvolgeva nel tessuto e lo infilava nella tasca interna della giacca.

Solo allora ci guardò, con lo sguardo leggermente perplesso. «Beh, avevo ragione che era uno dei Bishop. Un Bishop ha lanciato l'incantesimo che ha danneggiato questo medaglione e l'incantesimo che è stato lanciato la notte in cui Alvin è morto».

Zia Lea tracciò un cerchio nell'aria, lasciando finalmente cadere l'incantesimo di protezione attorno a noi. Avrebbe tenuto per un po', ma si sarebbe indebolito senza la sua energia completa. «Bene, quale dei Bishop l'ha fatto?» chiese.

«Uno dei gemelli», spiegò, ancora con aria perplessa. «Il problema è che il medaglione non può distinguere tra i gemelli perché sono identici. Sono confuso perché, beh, non ha senso. I gemelli non hanno nemmeno molto potere tra loro. Se mi avessi detto che avevano la capacità di lanciare l'incantesimo per danneggiare questo medaglione, non ti avrei creduto. L'incantesimo che è stato lanciato la notte in cui Alvin è morto non era altro che un incantesimo d'inciampo. Certo, questo potrebbe averlo fatto inciampare e cadere, ma non spiega il perché. L'incantesimo era benigno, destinato a essere niente più che un fastidio. Se l'incantesimo ha causato la sua caduta, non è stato altro che un terribile incidente».

Noi quattro sedemmo in silenzio al tavolo. «Bene», dissi infine. «La madre di Zoe è amica dei gemelli. Parlerò con lei».

«È meglio che rimaniamo in silenzio finché non possiamo parlare con loro», disse Jacob.

Davvero? Come se avesse bisogno di sottolinearlo.

Poco dopo, zia Lea e zio Jacob se ne andarono. In piedi sulla soglia, li guardai mentre camminavano lungo le lastre di ardesia con il braccio di Jacob attorno alla sua vita. Non sapevo cosa stesse succedendo, ma era chiaro che c'era qualcosa. Sebbene fossero sposati da molti anni a questo punto ed fossero sempre stati noti per essere follemente innamorati, zia Lea era indipendente quanto poteva essere. L'aria che Jacob emanava in questo momento era di protezione e preoccupazione, fuori dalla norma per lui. Zia Lea era incredibilmente potente e poteva certamente cavarsela da sola.

Voltandomi, trovai Liam che sparecchiava i piatti dal tavolo e li portava alla lavastoviglie. Chiudendo la porta, camminai verso il bancone della cucina.

«Non devi farlo. Posso occuparmene io».

Lui alzò lo sguardo dalla lavastoviglie. «È già fatto».

Appoggiando i gomiti sul bancone dell'isola, lo guardai. «Sono preoccupata per zia Lea».

«Lo so. Lo sono anch'io».

Senza altro da dire a riguardo, cambiai argomento. «Beh, ora dobbiamo scoprire perché uno dei gemelli ha lanciato quell'incantesimo d'inciampo. E come diavolo facciamo a capire quale dei due è stato? E accidenti, Jacob è così rigido. Come se andassimo in giro per la città a gridare del medaglione».

Liam ridacchiò, girandosi e appoggiando i fianchi contro il bancone. «Lo conosci. È troppo serio per il suo bene la maggior parte del tempo. Quanto ai gemelli Bishop e al vedere la differenza nella loro magia, forse dovresti chiedere ai tuoi cugini».

Risi. «In effetti è un buon punto. Lo farò domani».

Staccando i fianchi dal bancone, si diresse verso la porta, afferrando la giacca dall'appendiabiti al muro e girandosi verso di me mentre mi avvicinavo per aprire la porta.

L'aria prese vita di nuovo. Questa volta, il potere contenuto in essa non aveva nulla a che fare con la magia. Era la semplice vecchia chimica, il tipo che non smetteva mai quando ero con lui. I suoi occhi azzurro ghiaccio si riscaldarono, la sua bocca si incurvò in un angolo.

Proprio mentre mi stavo dicendo che avrei dovuto avere abbastanza buon senso per non baciare Liam, la sua testa si stava abbassando verso la mia, e dimenticai tutto il resto. Se ne andò pochi minuti dopo, lasciandomi senza fiato, arrossata e ancora una volta bisognosa di una doccia fredda.

# CAPITOLO VENTUNO

Varcando la porta d'ingresso di casa dei miei genitori, guardai avanti e vidi mio padre camminare nel corridoio appena oltre l'ingresso. «Ehi, papà», lo chiamai.

Mi lanciò un'occhiata, i suoi occhi azzurri che si increspavano agli angoli con il sorriso. Quando lo raggiunsi, mi attirò in un abbraccio veloce. «Ciao, tesoro». Ci voltammo all'unisono per entrare in cucina. «Mi dispiace di essere stato fuori città quando sei tornata qualche settimana fa».

«La mamma mi ha fatto sapere che saresti stato via per lavoro per qualche settimana. Hai risolto tutto a Boston?»

«Certo che sì. Mi serviva un po' di tempo in più per sistemare gli ultimi dettagli di alcuni affari».

Tra le altre cose, mio padre gestiva una società d'investimenti che produceva un bel profitto anno dopo anno.

Mia madre ci chiamò da vicino ai fornelli mentre entravamo in cucina. «Ciao, cara».

Mi sedetti su uno sgabello di fronte a lei mentre mio padre si avvicinava alla caffettiera nell'angolo. «Ciao, mamma. Cosa c'è per cena stasera?»

Mescolò alcune verdure in una padella sul fornello, i suoi occhi che si abbassavano un attimo per poi tornare ai miei. «Niente di speciale. Tuo padre voleva un saltato. Come vanno le cose al negozio?»

Prima che avessi la possibilità di rispondere, mio padre mi chiamò. «Caffè?» chiese tenendo sollevata la caffettiera.

«No grazie, è un po' tardi per me per altra caffeina».

Tornando a guardare mia madre, ripresi il filo della nostra conversazione. «Il negozio va bene. Sta diventando più affollato. Dimentico sempre quanto velocemente si riempie. La zia Lea ha detto che tornerà domani».

«Hai sentito qualcosa da lei su quello che sta succedendo?» chiesi.

Mia madre sospirò, spegnendo il fornello e appoggiando la spatola sul bancone. «Niente. Mi ha telefonato per farmi sapere di quello che avete scoperto dal medaglione ieri sera. Pensi che Zoe parlerà con sua madre?»

«Certo che lo farà. Gliel'ho già accennato oggi. Nel frattempo, pensavo di chiedere ai gemelli se avessero qualche suggerimento su come potremmo distinguere i gemelli Bishop. Non dall'aspetto, ma dalla magia», precisai.

Mia madre alzò gli occhi al cielo. «Oh sì, non sarebbe bello? Quei due», disse scuotendo la testa.

Mio padre si sedette su uno sgabello all'estremità del bancone. Aveva un che di senza età con i suoi capelli neri striati d'argento, il viso segnato dal tempo, ma gli occhi azzurri ancora vivaci. Tendeva a rimanere in silenzio, eppure sapevo senza ombra di dubbio che stesse sempre ascoltando.

«Hai visto Liam ultimamente?» chiese mia madre, non preoccupandosi di trattenere la sua curiosità.

Questa era una domanda sciocca, dato che sapeva perfettamente che l'avevo visto con la zia Lea e lo zio Jacob quella sera.

«In effetti, sì. L'ho incontrato al Magic Beans ieri mattina. Tra le altre cose, mi ha detto che Juliette ha visto Ghost vicino al pozzo abbandonato lungo la strada. Quando è andata a controllare, ha trovato due bacchette rotte lì». Ero contenta di avere qualcosa di abbastanza interessante da far perdere a mia madre le tracce di me e Liam.

Mia madre alzò lo sguardo, le sopracciglia che si sollevarono. «Davvero? E poi?»

«È tutto quello che so per ora. Liam ha consegnato le bacchette a Jacob, così che possa fare la sua parte. Forse dopo, Liam potrà ripararle se pensiamo che sia necessario».

Poiché non riusciva proprio a trattenersi, mia madre proseguì, la sua curiosità sulle bacchette troppo fugace per contenersi. «Quindi avete solo preso un caffè?»

«Sì, mamma. Abbiamo solo preso un caffè», risposi, stringendo le labbra per non ridere. Forse se avessi adottato l'atteggiamento di stuzzicarla con piccoli pezzi, mi sarei goduta di più la sua frustrazione.

Guardando mio padre, vidi che stava combattendo l'impulso di ridere. «Vai avanti e ridi papà. Conosci la mamma».

Lui guardò verso di lei, il suo sorriso affettuoso. «Certo che sì. Ha solo i tuoi interessi a cuore», offrì, inarcando un sopracciglio verso mia madre.

Mia madre si voltò, aprendo un armadietto della cucina per prendere i piatti. «Oh santo cielo. Cosa c'è di male nel fatto che spero che finalmente tu rinsavisca?»

«Beh, è la tua definizione di questo che mi fa impazzire. Per l'amor di Dio, Liam ha appena divorziato. Io sono appena tornata in città. Non viviamo più nel medioevo. Lo fai sembrare un matrimonio combinato».

Mia madre sospirò e scosse lentamente la testa mentre trasferiva il saltato dalla padella a tre piatti. «Un piccolo aiuto lungo il cammino non fa mai male».

# CAPITOLO VENTIDUE

Il giorno seguente, passai attraverso la tenda di perline sul retro di Persnickety Potions & Gifts, trovando zia Lea in piedi al bancone mentre smistava una scatola di rimedi. Le piccole bottiglie di vetro tintinnavano delicatamente.

«Ho fatto fare un po' di pulizia qui dietro alle gemelle ieri. Spero non abbiano messo nulla fuori posto», dissi raggiungendola e appoggiando i fianchi contro il bancone.

Zia Lea si fermò, le sue mani immobili. Posò un'altra bottiglia in un piccolo vassoio e si voltò verso di me. «L'ho notato. Grazie. So che fanno un buon lavoro con i clienti, ma sono un po' disordinate nel retro», offrì con un sorriso.

Era molto indulgente con le ragazze, ma lo eravamo tutti. Sebbene fossero birichine, avevano un buon cuore.

«Sono felice di aiutare quando ne hai bisogno». Guardandola, considerai se dovessi semplicemente chiedere cosa stesse succedendo. Per un momento, esitai. Ma andai avanti. «Zia Lea, sono sicura che puoi immaginare che tutti sono un po' preoccupati per te. Puoi dirmi se stai bene?»

Zia Lea, quasi sempre autoritaria, altera, elegante e senza fronzoli, sembrò leggermente incerta. La sua fronte si corrugò mentre torceva la bocca. Dopo un respiro profondo, la tensione abbandonò il suo viso. «Lo so, cara. Ho un cancro al seno. Non ho voluto parlarne perché non volevo che nessuno si preoccupasse. All'inizio, non sembrava che avrei avuto bisogno di molte cure. Ora le cose sono cambiate. Il mio medico pensa ancora che starò bene. Suppongo che dovrei farlo sapere a tutti».

Il mio cuore si strinse. Era raro vedere vulnerabilità nel suo sguardo, ma era lì, tremolante nelle profondità dei suoi occhi. Mi avvicinai a lei e la strinsi in un abbraccio. «Supererai tutto questo. So che ce la farai. Immagino che Jacob lo sappia», dissi, con un accenno di domanda nella voce.

Zia Lea si tirò indietro, sorridendo dolcemente. «Certo che lo sa. Ed è preoccupato. Continuo a dirgli che andrà tutto bene. Non sono molto brava a essere malata, come sicuramente avrai immaginato. Odio quando le persone si agitano per me».

Ridacchiai. «È questo che ti preoccupa? Renderò contro le regole agitarsi per te».

Roteò gli occhi, allungandosi per stringermi la spalla.

«Farci sapere cosa sta succedendo significa che possiamo aiutare. Inoltre, se qualcuno può preparare un po' di magia per aiutarti, sono mamma e zia Penelope».

La guarigione non era semplice come altre forme di magia. Mia madre e zia Penelope, la terza delle tre sorelle, avevano alcuni poteri di guarigione. Ma per il cancro ci sarebbe voluto molto più di un semplice rimedio. Respinsi l'impulso di far notare che sarebbe stato meglio se l'avesse fatto sapere prima. Potevo solo immaginare quanto fosse difficile per lei. Zia Lea tendeva ad affrontare la vita come se fosse invincibile. «Promettimi che lo dirai a mamma oggi. Lei e Penelope vorranno essere in grado di aiutare».

Zia Lea sospirò e roteò gli occhi, mostrando un accenno del suo solito fascino. «Beh, non posso proprio dirlo a te e poi cercare di mantenere un segreto con loro».

Questa volta, fui io a roteare gli occhi. «Ehi, non sono io la pettegola qui. Non ficco il naso negli affari degli altri. Beh, solo a volte».

Zia Lea ridacchiò. «A proposito di notizie, quelle due bacchette che Juliette ha trovato appartengono alle gemelle Bishop. Fortuna che Ghost stesse vagando da quelle parti. A proposito, come mai ogni volta che succede qualcosa, tu e Liam state chiacchierando al riguardo?» chiese con tono malizioso.

Misi una mano sul fianco e la fulminai con lo sguardo. «Non la smetti proprio, vero? Abbiamo un altro indizio che indica le gemelle Bishop, e tu sorvoli su questo per chiedere di Liam».

«È solo perché ti voglio bene», rispose inarcando un sopracciglio. Al mio scuotere la testa, continuò: «Quanto agli indizi, non c'è molto da fare con quello. Dobbiamo aspettare e vedere. Anche se Jacob ha potuto determinare a chi appartenevano le bacchette, erano completamente danneggiate e private della loro magia. Persino dopo che Liam le ha restaurate, non erano altro che bacchette decorative».

«Cavolo. Volevano davvero che quelle bacchette fossero inutili».

«Direi proprio di sì. Comunque, tornando a Liam...»

La interruppi. «Per favore. Lascia perdere», dissi con fermezza.

Zia Lea, tornata in piena forza a questo punto, si limitò a stringere le labbra e a fissarmi con i suoi occhi luminosi. «Stai temporeggiando. Il destino è destino, e non c'è nulla che tu possa fare per fermarlo».

Sapevo che era inutile discutere su questo argomento, quindi andai avanti. «Hai bisogno di aiuto qui questo pomeriggio?»

«Grazie, ma no. Le gemelle saranno qui a breve».

«A proposito delle gemelle, Jacob riesce a distinguere la differenza tra la loro magia?»

Zia Lea annuì, seguendo facilmente il mio ragionamento. «Certo. Ma sono le sue figlie. Insomma, le conosce meglio di chiunque altro. Distinguere le gemelle Bishop è un'altra questione. Sono gemelle identiche, e proprio come Celia e Delia, lo sono anche i loro poteri».

«Ti dispiace se chiedo alle gemelle a proposito?»

«Fai pure», disse con un sorriso. «Lavoreranno questo pomeriggio, ma potresti sempre passare a prenderle più tardi».

«Perfetto. Stavo pensando di passare a vedere se Emma volesse prendere un caffè, quindi magari possiamo incontrarle dopo».

# CAPITOLO VENTITRÉ

Più tardi quella sera, mi appoggiai con i gomiti sul tavolo all'Enchanted Spirits. Avevo passato il pomeriggio con le gemelle. Le avevo corrotte con caffè e muffin da Magic Beans. Per quel che valeva, non avevo imparato granché. Sostenevano che ci fosse solo un modo per far distinguere alle persone la differenza tra le loro magie. Il colore. Giuravano che ogni volta che Celia lanciava incantesimi, c'era un bagliore viola, mentre per Delia era blu. Ipotizzavano che per le gemelle Bishop - Sally e Rae - sarebbe stato lo stesso.

Emma mi aveva accolto alla porta di casa quando le avevo accompagnate ed era venuta con me all'Enchanted Spirits. Non ci era stato permesso venire qui fino alla maggiore età, momento in cui io ero già al college. A quel punto, avevo già causato quella piccola catastrofe incendiando un edificio, quindi questa era la prima volta che venivo qui da anni.

Mi guardai intorno nel vecchio bar. A differenza di molti locali nel centro di Charm Cove, Enchanted Spirits era nato come pub. Occupava l'intero pianterreno del North Salem Inn. A differenza di molte attività commerciali di quell'epoca, la famiglia non aveva scelto di cambiarne il nome.

Al pianterreno dell'albergo c'era l'area reception da un lato e il pub dall'altro. Il pub serviva, non sorprendentemente, cibo tipico da pub con un tocco locale. Nel Maine costiero questo includeva frutti di mare fritti, hamburger, patatine fritte e simili, e naturalmente, panini all'aragosta. Non si poteva camminare tre metri in qualsiasi città costiera del Maine senza vedere un'insegna per i panini all'aragosta. Il dibattito su chi facesse i migliori panini all'aragosta sarebbe durato per l'eternità, o almeno così pensavo.

L'Enchanted Spirits manteneva semplici i suoi panini all'aragosta con nient'altro che burro fuso e aragosta fresca dal porto di Charm Cove. Guardai Emma dall'altro lato del tavolo. Emma era la figlia maggiore di zia Lea e zio Jacob, ed eravamo cresciute insieme, vicine come sorelle. Essere nel mezzo dei miei fratelli mi lasciava spesso bloccata nel mezzo, senza giochi di parole. Avevo due fratelli maggiori e due minori, quindi Emma era la cosa più simile a una sorella che avessi.

Aveva i capelli neri di sua madre e gli occhi blu della famiglia Good. Emma era molto potente, in realtà come me. Non era qualcosa a cui mi ero permessa di pensare molto ultimamente, ma avevo ereditato il potere da entrambi i lati della mia famiglia. Mio padre era un Wicked, discendente diretto dal matrimonio originale, mentre mia madre proveniva dalla famiglia Levesque, potente a sua volta.

«Quindi, sembra che le ragazze ti abbiano dato un mucchio di niente», disse Emma, riprendendo il filo della nostra conversazione.

Ridacchiai piano e bevvi un sorso della mia birra. «Non direi che fosse niente. Giurano che la loro magia ha colori diversi. Ma pensi che se lo stessero inventando?»

Emma scosse la testa mentre prendeva un sorso della sua birra. «Assolutamente no. L'ho visto io stessa. Dio sa come ti aiuterà a capire quale delle gemelle Bishop ha lanciato quegli incantesimi. Hai visto un colore quel giorno al negozio con il medaglione?»

Mi fermai, la mia memoria che tornava a quel pomeriggio. Il fascio di luce era stato principalmente dorato brillante, ma aveva una sfumatura arancione. Incontrando gli occhi di Emma, scrollai le spalle. «Più o meno, se un po' di arancione conta. Ma non è che lo confesseranno. Ti dico, una cosa che non mi è mancata di Charm Cove è tutto il dramma. Avresti pensato che la mia vita sarebbe stata più eccitante a New York. Ma no. Le cose sono sempre più eccitanti qui.»

Emma sorrise, appoggiando il gomito sul tavolo. Rimase in silenzio per un momento. «Sono felice che sei tornata a casa. Spero che rimani», disse infine.

Guardandola, sentii che il nodo di tensione dentro il mio petto si allentava leggermente. Una cosa su cui potevo sempre contare con Emma era che non mi avrebbe messo pressione. Poteva prendermi in giro, ma questo era tutto. Capiva con perfetta chiarezza com'era crescere nella nostra famiglia e affrontare il peso delle aspettative durante tutta l'infanzia.

Altri bambini si preoccupavano di frequentare l'università dei genitori, o mantenere i voti alti, o entrare nell'attività di famiglia. Nel frattempo, noi ci preoccupavamo di cose come il destino di secoli fa, e se avremmo avuto o meno i poteri soprannaturali necessari per fare qualsiasi cosa fossimo destinati a fare nelle nostre vite.

Poteva diventare un po' pesante. Per così dire.

«Sai, avevo le mie ragioni per restare lontana, ma probabilmente rimarrò. Non azzardarti a correre a dirlo a tutti», dissi, fermandomi per agitare il dito nella sua direzione.

Emma alzò gli occhi al cielo. «Sai che non lo farei.»

«Immagino pensassi che se mi fossi messa in un posto dove non c'era magia ovunque mi girassi, avrei potuto dimenticare quella parte di me stessa. Ma è un po' impossibile.»

«Beh, ti sei concessa qualche anno lontana. Tranne le nostre famiglie, nessuno sa cosa è successo tra te e Liam, oltre al fatto che vi siete lasciati. Non è che devi essere imbarazzata a riguardo.»

«Ho dato fuoco a un edificio, Emma», dissi prima di prendere un sorso necessario di birra.

Emma rise e poi scrollò le spalle. «E allora? Nessuno si è fatto male. Eri solo un po' gelosa. Inoltre, quella ragazza era un'idiota. L'ho incontrata una volta, sai.»

«Davvero?» chiesi, incapace di resistere alla mia curiosità.

Emma annuì, fermandosi quando la cameriera si fermò al nostro tavolo. «Cosa posso portarvi, ragazze?»

«Prenderò un panino all'aragosta, e un'altra birra già che ci sei», risposi.

«Lo stesso», aggiunse Emma.

Con un cenno, la cameriera si allontanò.

«Okay, quindi hai incontrato l'ex di Liam?» chiesi, interessandomi troppo alla sua risposta.

«Certo. Vanessa era okay. Era ovvio fin dall'inizio che probabilmente non avrebbero dovuto sposarsi. Voglio dire, lei era solo una ragazza normale. Certo, Liam è un gran bel ragazzo, ma questo è stato tipo sei mesi dopo che hanno iniziato a stare insieme. Si vedeva già che lei lo irritava. Sono contenta che sia tornato in sé. E ora siete entrambi di nuovo a casa. Cosa pensi che significhi?»

«Oh, per favore. Non iniziare con la storia del destino.»

Emma alzò gli occhi al cielo. «Non sto parlando di destino. Sto parlando del fatto che voi due siete ancora pazzi l'uno per l'altra.»

Sentii le mie guance scaldarsi e scossi semplicemente la testa con una risata. «Forse, forse no. Ma questa volta, voglio che abbiamo la possibilità di arrivarci senza che sia un affare concluso prima da tutti nelle nostre famiglie.»

«Giusto», disse.

«Allora cosa succede con te? Stai frequentando qualcuno in questo momento?» chiesi, spostando l'attenzione da me.

Emma scrollò le spalle. «Non lo so.»

«Cosa intendi con non lo so?»

«Beh, sai che stavo frequentando Joey Hanson, quel ragazzo di Brunswick, giusto?»

«Sì, l'ho incontrato quando sono stata qui l'anno scorso durante le vacanze. Sembrava simpatico.»

«Lo è, ma si è un po' spaventato un giorno quando non stavo pensando. Ho accidentalmente lanciato un incantesimo davanti a lui il mese scorso. Non mi ha più chiamata da allora. Se ti stai chiedendo se vale la pena nascondere la tua magia, non lo è», disse con un sospiro.

«Hai provato a parlargli?»

Streghe e stregoni tendevano a sposarsi all'interno del mondo della stregoneria, ma non sempre. Purtroppo, c'era un sacco di dubbi e paura sulla mera esistenza delle streghe nel mondo, quindi la reazione di Joey non era una sorpresa.

«Ho provato a chiedergli di parlare, ma non mi ha ancora richiamata.»

«Beh, allora, che si fotta», dissi.

«Devo coltivare questo atteggiamento. Si è tutto spaventato per qualcosa di così piccolo. Tutto quello che ho fatto è stato far sbocciare un fiore appassito. Riesco sicuramente a capire perché hai pensato che potesse essere più facile fingere che la magia non esistesse», disse con un sorriso malinconico.

«A volte penso ancora che sarebbe più semplice. Ma non possiamo essere altro che noi stessi, o almeno è quello che sto cercando di dirmi.»

Emma guardò verso l'ingresso, i suoi occhi si illuminarono. «Guarda un po', è Liam.»

La fulminai con lo sguardo. «È così che sarà? Ogni volta che lui si trova nei paraggi, è una *cosa*.»

Emma scrollò le spalle. Sebbene potesse non essere insistente come sua madre, era altrettanto impenitente e altrettanto schietta. Come dimostrato dal suo prossimo commento.

«Oh, potrei non andare avanti e indietro sul destino e il fato e tutte quelle stronzate, ma seriamente eri pazza per lui. Non credo che tu l'abbia mai superato.»

In pochi minuti, Liam si era infilato nel tavolo accanto a me con suo cugino Nathan che si sedeva accanto a Emma.

Nathan mi sorrise. «Beh, ehi, ehi. Ho sentito che sei tornata in città.»

«Certo che sì. Come stai, Nathan? Ho sentito che ora gestisci il faro.»

Mostrò un sorriso birichino. Non c'era carenza di fascino nella famiglia Good. «Proprio così.»

«Ti piace?» chiesi.

«È uno scherzo. Funziona ancora con la magia. Non posso nemmeno definirlo lavoro», rispose.

«Difficile credere che quel vecchio incantesimo funzioni ancora», commentai.

«Lo so, vero? Tutto quello che devo fare è mantenere l'edificio stesso», offrì con un sorriso.

Emma gli diede un colpetto col gomito. «Non prendi mai niente sul serio.»

Nathan la guardò. «Chi dice che la vita debba essere presa sul serio comunque?»

«Beh, potresti prenderla più seriamente visto che nessuno sembra sapere cosa sia successo ad Alvin», disse con un sospiro.

A suo merito, Nathan si fece subito serio. «Lo so. Alvin era un tipo in gamba. Abbiamo qualche indizio? Stiamo ancora parlando di omicidio o è stato un incidente? Ho sentito che hai riparato quel medaglione», disse, indicando Liam.

In quel momento, la cameriera arrivò per servire i panini all'aragosta, darci birre fresche e consegnare magicamente a Liam e Nathan la loro birra alla spina preferita. Chiaramente, erano clienti abituali qui. «Qualcos'altro ragazzi?» chiese, con un leggero rossore sulle guance.

Trattenni un gemito e resistetti all'impulso di alzare gli occhi al cielo. Se avevo dimenticato l'effetto che gli uomini Good avevano sulle donne in città, me ne venni prontamente ricordata. Nathan era diabolicamente bello quanto Liam con gli stessi capelli neri e occhi blu ghiaccio. Non era alto e imponente come lui, portandosi con un atteggiamento spensierato, ma era facilmente altrettanto attraente e molti sguardi erano diretti verso di lui.

Ordinarono rispettivamente mentre Nathan flirtava spudoratamente con la cameriera. Non appena la cameriera si allontanò, con le guance rosso fuoco ormai, Emma gli diede di nuovo un colpetto. «Non hai vergogna. Sai che quella ragazza ha una cotta terribile per te. Non ti coinvolgerai mai con lei, quindi non dovresti illuderla.»

Nathan inarcò un sopracciglio, e fu allora che mi resi conto che l'atteggiamento di Emma nei suoi confronti era un po' più pungente di quanto mi sarei aspettata. Anche con la luce fioca, potevo vedere il rossore sulle sue guance.

«Niente di male in un po' di flirt divertente. E poi perché ti interessa? Tu hai il tuo ragazzo di Brunswick.»

«Questo non ha niente a che fare con me», disse Emma con uno sbuffo. «E poi io e Joey ci siamo lasciati. Non che siano affari tuoi. Volevo solo chiarire prima che tu continuassi a darmi fastidio a riguardo.»

Liam incontrò i miei occhi, e quasi scoppiai a ridere. Come al solito l'unico indizio di ciò che stava pensando era un luccichio nei suoi occhi e il più leggero movimento all'angolo della sua bocca. Per quanto desiderassi che non mi influenzasse, lo faceva. Terribilmente. Un piccolo fremito si agitò nella mia pancia. Ignorandolo, spostai l'argomento. «A proposito di Alvin, ho sentito da zia Lea che Jacob ha confermato che quelle bacchette rotte appartenevano alle gemelle Bishop, ma qualsiasi cosa sia successa a loro ha cancellato qualsiasi magia avessero.»

Liam annuì prima di bere un sorso della sua birra. Posandola, guardò intorno al tavolo. «Più o meno. Pensavamo che forse dopo averle restaurate, sarebbe stato d'aiuto, ma niente fortuna. Qualunque cosa abbiano fatto loro, o qualcun altro, ha cancellato qualsiasi magia avessero le bacchette.»

Emma scosse lentamente la testa. «Sally e Rae sono praticamente le ultime persone che avrei pensato potessero avere a che fare con, beh, qualsiasi cosa. Voglio dire, vivono insieme da sempre, stanno per i fatti loro, e... È solo strano che continuino a comparire in questo affare con Alvin e il medaglione.»

«Esatto. Non lo dico in modo negativo, ma sono solo due dolci signore», disse Nathan. «Avevo persino dimenticato che fossero streghe prima che succedesse tutto questo.»

Cercai di ricordare l'ultima volta che avevo anche solo visto le gemelle Bishop. Andavano praticamente ovunque insieme e si assomigliavano esattamente. Sebbene molti indizi puntassero nella loro direzione, nulla sembrava suggerire alcun movente. Alvin era morto, il nostro medaglione era stato danneggiato e ora queste bacchette casuali erano rotte senza motivo apparente. Niente di tutto ciò aveva senso.

Con una scossa mentale, mi misi a mangiare. Potevamo fare tutte le supposizioni che volevamo, ma in questo momento, avevamo bisogno di più di questo. Avevamo bisogno di un altro indizio.

———

Qualche giorno dopo, Zoe ci portò una notizia. Sua madre aveva confermato che entrambe le gemelle Bishop erano sicuramente in città la notte in cui Alvin era annegato nella fontana.

«Ma questa non è la cosa più importante», annunciò Zoe.

«Cos'altro?» chiese Celia, con gli occhi luminosi e fin troppo curiosi.

«Niente che tu debba sentire. Perché voi due non andate a prendere dei caffè per tutti noi?» chiesi, tirando fuori una banconota da venti dalla mia borsa.

Delia fu al fianco di Celia in un lampo. «Sì! Torniamo subito», annunciò, intrecciando il braccio con quello di Celia mentre uscivano saltellando dalla porta.

Appena furono fuori vista, guardai Zoe. «Okay, sputa il rospo.»

Zoe sorrise. «A quanto pare, Alvin andava a casa loro *molto* spesso. Mia madre è abbastanza convinta che stesse frequentando una di loro, ma non è mai riuscita a capire quale delle due.»

«Dici sul serio?» chiesi.

«Completamente.»

«Beh, hmmm. Mi chiedo cosa significhi.»

«Non lo so, ma mamma le invita per il tè ogni poche settimane, quindi ci faremo trovare lì la prossima volta che succede.»

# CAPITOLO VENTIQUATTRO

Mia madre stava in piedi al centro della cucina, fulminando con lo sguardo zia Lea. «Non posso credere che non abbia detto niente prima!» Gettò le mani in aria prima di voltarsi.

Mi trovavo dietro di lei, così vidi le lacrime che le brillavano negli occhi. Come me e il resto della nostra famiglia, mia madre tendeva ad arrabbiarsi quando si sentiva emotiva.

Incrociò il mio sguardo, con la bocca piegata da un lato mentre prendeva un respiro tremante. Si girò di nuovo e si avvicinò rapidamente a zia Lea che sedeva vicino al bancone della cucina, gettandole le braccia al collo e stringendola in un abbraccio. Quando si allontanò, le lacrime le scorrevano liberamente sul viso.

«Ero così preoccupata. Tutti noi lo eravamo. Hai già parlato con Penelope?» chiese.

Come evocata dal nome, la voce di zia Penelope risuonò dall'ingresso. Il rumore della porta d'entrata che si chiudeva dietro di lei e i suoi passi seguirono il suo saluto.

Gli occhi di zia Lea erano lucidi di lacrime quando Penelope entrò in cucina, fermandosi sulla soglia mentre guardava mia madre e zia Lea. Penelope era la più giovane delle tre e aveva gli stessi capelli argentati striati di nero e gli stessi occhi verde brillante. Era bella e slanciata. Si muoveva con la stessa eleganza, sebbene avesse un tocco più stravagante. Oggi indossava una gonna rosa con enormi margherite abbinata a una blusa bianca e fluente. Mentre appoggiava una mano sul fianco, i suoi bracciali d'argento tintinnavano dolcemente.

A volte mi chiedevo se indossare una valanga di bracciali fosse un fattore genetico. Si potrebbe dire di sì. Tutte le donne tra i Wickeds e i Goods di solito indossavano un braccialetto con ciondoli e un'infinità di altri, beh tranne Emma e me. Naturalmente, non erano braccialetti con ciondoli ordinari. I ciondoli contenevano vera magia. Avevo nascosto il mio dopo l'incidente dell'incendio. Uno dei ciondoli rappresentava qualcosa che avrebbe legato Liam e me. Sai, tutta quella storia del destino.

Penelope entrò nella stanza, fermandosi tra mia madre e zia Lea. Guardando prima l'una e poi l'altra e infine me, chiese: «Perché state tutti piangendo?»

Quando i suoi occhi si posarono su di me, mi resi conto che anche le mie guance erano umide.

Zia Lea fece un respiro profondo prima di parlare. «Avrei voluto dirvelo prima. Ho un cancro al seno. Starò bene», disse con fermezza, come se potesse renderlo reale con la sola forza di volontà.

Gli occhi di Penelope si riempirono di lacrime e poi tutte e tre si scambiarono un abbraccio di gruppo. Quando si separarono, io chiesi: «Devo preparare un po' di tè?»

«Sì, per favore», disse mia madre, allontanandosi dal bancone della cucina. Si affrettò verso il bagno e tornò con una scatola di fazzoletti.

Persino io ne avevo bisogno per asciugarmi gli occhi. Misi a bollire l'acqua e presi le tazze dalla credenza.

Rimasero in silenzio per qualche momento. Penelope e mia madre si guardarono e poi guardarono zia Lea. «Bene, vediamo cosa possiamo fare. Cosa dice il tuo medico?» chiese Penelope.

Dopo essersi tamponata le lacrime, zia Lea fece un respiro profondo, ricomponendosi. «Pensa che andrà tutto bene. Probabilmente avrei dovuto dirvelo prima, ma all'inizio non pensavano che avrei avuto bisogno di un intervento chirurgico. Ora invece è necessario. Jacob è preoccupato, e ho sentito che era il momento di farvelo sapere».

«Avrei preferito che ce lo dicessi prima», disse Penelope.

Zia Lea sospirò. «Non mi piace essere un fastidio, e sapete che odio quando mi stanno tutti addosso».

«Lo dice quella che sta sempre addosso a tutti gli altri», rispose mia madre alzando gli occhi al cielo.

Ridacchiai, tirando fuori una varietà di tè e posandoli sul bancone.

Penelope guardò zia Lea e scosse la testa. «Puoi anche lamentarti che ti stiamo addosso, ma lo faremo comunque, quindi fattene una ragione».

Zia Lea si strinse nelle spalle. «Sto bene. *Supererò* tutto questo. Per favore, assicuratevi di stare vicino a Jacob. Speravo che una di voi potesse venire a Portland con me per l'operazione».

«Ci vengo io», dissero Penelope e mia madre all'unisono.

Dopo un po' più di preoccupazione per zia Lea, lei insistette che smettessero di preoccuparsi per lei per ora. «Andiamo avanti. Vorrei sapere se Zoe ha avuto la possibilità di parlare con sua madre», disse, volgendo lo sguardo verso di me.

«Sì. Ci troveremo lì per caso quando Sally e Rae andranno a prendere il tè. Sarà domani pomeriggio. Nel frattempo, Daniel non sta offrendo molte informazioni. Zoe pensa che sia impegnato a controllare gli alibi e a cercare di capire se possa essere stato solo un incidente».

«Non è stato un incidente. Non so se qualcuno intendesse uccidere Alvin, ma sappiamo da Jacob che quella notte è stato lanciato un incantesimo da una delle gemelle Bishop. E quelle due...» Zia Lea scosse lentamente la testa.

«Quelle due cosa?» chiesi.

«Sono semplicemente pazze. Voglio dire, Celia e Delia sono così simili, ma sono anche molto diverse. Sally e Rae indossavano sempre gli stessi vestiti alle superiori. Con loro tutto deve essere coordinato. Pensavo fosse tutto un po' troppo».

Mia madre intervenne. «Esattamente le stesse personalità anche. Non solo si assomigliano, si comportano allo stesso modo. La cosa che amo di Celia e Delia è che sono così diverse. Voglio dire, a volte mi fanno impazzire, ma è divertente».

Zia Lea annuì. «Lo so. Mi lamento, ma adoro che siano così incontenibili».

I discorsi si spostarono su argomenti più leggeri. Ero sollevata che la situazione di zia Lea fosse uscita allo scoperto. Potevamo essere preoccupati, ma almeno ora sapevamo cosa stava succedendo e potevamo esserci per lei.

# CAPITOLO VENTICINQUE

Il pomeriggio seguente, appoggiai i piedi sul pouf a casa di Betsy Baker. Betsy era la madre di Zoe e tutti la chiamavano Bets. Avevo trascorso così tanto tempo qui durante la mia crescita che sembrava quasi casa mia. Bets viveva in una vecchia casa coloniale. Era un rettangolo con alte finestre in tutta la casa, e ogni stanza era quasi un quadrato perfetto. I pavimenti in legno e i soffitti alti le davano un'atmosfera classica.

L'attuale soggiorno era un tempo il salotto formale. C'erano ancora alcuni pezzi d'antiquariato sparsi qua e là, ma Bets aveva un nuovo comodo divano componibile con un enorme pouf al centro. Zoe ed io eravamo sdraiate mentre sorseggiavamo tè e spiluccavamo biscotti. La famiglia di Zoe era un mix di francese e britannica. Nella tipica tradizione britannica, gustavano il tè ogni pomeriggio. Come promesso, Bets ci aveva invitate a trovarci convenientemente qui quando avrebbe ricevuto Sally e Rae, le gemelle Bishop, per il tè. A quanto pare, lo faceva con loro ogni paio di settimane.

Quando suonò il campanello, potevo sentire i passi di Bets mentre si dirigeva verso la porta d'ingresso. La sua voce arrivò fino al soggiorno. «Ciao, ragazze, che bello che siate riuscite a passare oggi.»

Nel giro di pochi secondi, Bets stava accompagnando Sally e Rae nel soggiorno. Non le vedevo da anni, ma sembravano ancora le stesse. Entrambe avevano i capelli rossi striati di bianco e grandi occhi azzurri. A differenza di Celia e Delia, non riuscivo a distinguere queste due neanche per salvarmi la vita. Suppongo che potessi distinguere Celia e Delia solo perché le conoscevo fin da quando erano bambine. Un piccolo dettaglio su cui potevo contare per distinguerle erano i loro occhi. Celia aveva l'occhio sinistro leggermente più largo, mentre Delia aveva l'occhio destro leggermente più largo.

Sally e Rae si accomodarono su una coppia di poltrone di fronte al divano, mentre Bets e Zoe chiacchieravano con loro come se questo fosse un normale tè pomeridiano. Zoe ed io avevamo concordato che avrei interpretato la parte della curiosa appena tornata in città. Lo consideravo un gioco intelligente-stupido. Quando la conversazione si spostò su pettegolezzi più casual, come ad esempio se il club delle passeggiatrici di Beatrice Powers stesse affollando i marciapiedi del centro città al mattino, decisi di farmi avanti con curiosità. Piuttosto che lasciarle mettere troppo a loro agio, pensai che avrei avuto più fortuna se mi fossi lanciata subito.

«Allora, signore, cosa ne pensate di tutte queste voci su ciò che è successo ad Alvin Pearson?»

Sally e Rae si guardarono e poi tornarono a guardare me all'unisono. Le loro espressioni erano calme, tuttavia ciascuna aveva un leggero rossore sulle guance. Essendo io stessa di carnagione chiara, provai un senso di colpa. Se c'era una cosa impossibile da nascondere, era l'arrossire. Con i loro capelli rossi e la pelle pallida, non c'era modo di mascherarlo.

Gli occhi di Sally si strinsero prima che prendesse un sorso di tè. Appoggiando con cura la tazza sul tavolino accanto a lei, si spinse gli occhiali su per il naso. «Beh, naturalmente siamo preoccupate quanto tutti gli altri. Speriamo che non sia stato nulla più che un terribile incidente.»

Zoe intervenne. «È così triste. Alvin mi aiutava a spalare la neve dalle scale in inverno quando avevo quel piccolo appartamento in affitto in centro.»

Anche se avevamo assicurato a Bets che poteva tenersi in disparte, lei si buttò subito nella conversazione. Ma poi avrei dovuto saperlo.

Bets era una forza con cui fare i conti. Era una strega potente a pieno titolo e tendeva a trovarsi nel bel mezzo delle cose ogni volta che succedeva qualcosa a Charm Cove. Con i suoi corti capelli argentati e i suoi penetranti occhi azzurri, vibrava letteralmente di energia. Come avrei immaginato, andò dritta al punto. «Mi chiedevo se voi due sapeste qualcosa», disse, con tono innocente. «So che Alvin veniva spesso a trovarvi a casa vostra.»

Rae lanciò un'occhiata di traverso a Sally e poi tornò a guardare Bets prima di scoppiare in lacrime. Nel giro di pochi secondi, stava singhiozzando e gemendo e ripetendo il nome di Alvin più e più volte. Era sicuro dire che era una che piangeva in modo piuttosto drammatico.

Nel frattempo, Sally sembrava angosciata, i suoi occhi che saltavano tra noi. «Perché sei così sconvolta?» chiese a Rae, con tono leggermente infastidito.

Rae smise di piangere abbastanza a lungo per socchiudere gli occhi verso sua sorella. Non avevo idea di cosa stesse succedendo tra loro, ma sembravano avere un'intera conversazione senza dire una parola.

«Sai perfettamente perché sono sconvolta. È tutta colpa tua», disse infine Rae con un singhiozzo.

Oh, che bello. Forse saremmo riuscite a ottenere qualcosa da loro.

«Cos'è tutta colpa sua?» chiese Bets.

«È stato solo un incidente», mormorò Rae, le guance che diventavano rosse e le lacrime che scorrevano di nuovo con un altro gemito.

«Cosa è stato un incidente?» chiesi, guardando discretamente verso Zoe.

Lei sollevò la tazza di tè e prese un sorso lento con un arco del sopracciglio.

«Alvin aveva una relazione con Sally», disse Rae tra un singhiozzo e l'altro.

«Una relazione?» ripeté Bets.

«In realtà era il contrario», disse Sally con decisione. «Alvin aveva una relazione con Rae.»

Intervenni. «Ok, vediamo se riesco a capire bene. Alvin non era sposato?»

Sally e Rae annuirono all'unisono. Bets intervenne. «Era sposato con Janet Pearson. È andata in pensione dall'insegnamento qualche anno fa. Raramente è in giro perché sua madre è in una casa di riposo a Portland.»

«Ok, quindi sembra che Alvin avesse una relazione con entrambe. È così?» chiesi.

«No!» esclamarono all'unisono, ciascuna in competizione per l'onore di sembrare la più offesa.

Bets interruppe lo stallo. «Cosa intendete per relazione?»

Le guance di Rae diventarono di un rosso più intenso, mentre le labbra di Sally si assottigliarono. «Non sono affari vostri, ma Janet non c'era mai, e Alvin aveva, beh... bisogni.»

«Ok, quindi una classica relazione», aggiunsi.

Con uno sbuffo, Sally annuì.

«Quindi sembra che voi due siate state ingannate da Alvin», offrì Bets.

Sally e Rae finalmente smisero di fissarsi con astio e guardarono Bets. Sally sbuffò di nuovo e si appoggiò allo schienale della sedia. «Si è innamorato di me per prima. Ma mi ha mentito.»

«Pensi solo di essere stata con lui per prima», disse Rae con uno sbuffo. «Ha mentito a entrambe.»

«Ah. Beh allora, sembra che Alvin avesse una sistemazione piuttosto conveniente», disse Bets.

Oh cielo. I miei sensi erano in fiamme in questo momento con una scarica lungo la spina dorsale e le dita che formicolavano. Tutto questo per un uomo donnaiolo che se la spassava con delle gemelle! Mantenni la mia attenzione sulla conversazione, sperando che Sally e Rae collegassero i puntini per noi.

Sally incrociò strettamente le braccia. «Non abbiamo mai litigato per niente prima di lui, mai, in tutta la nostra vita. Ancora non posso credere che l'abbia fatto.»

«Non per essere difficile qui, signore, ma una di voi o entrambe avete avuto a che fare con quello che è successo ad Alvin?» chiesi.

Rae iniziò di nuovo a singhiozzare. «È stato un incidente!»

«Perché non ci raccontate cosa è successo?» chiese Zoe con calma, incrociando il mio sguardo e scuotendo lentamente la testa come se non potesse credere a questa conversazione. Visto che nemmeno io ci credevo, capivo perfettamente.

Né Sally né Rae ci stavano prestando attenzione. L'unica cosa che sembravano fare diversamente era piangere. Mentre Rae era piuttosto drammatica, Sally era silenziosa, con le lacrime che le scendevano silenziosamente sulle guance.

Bets passò altri fazzoletti. Rae si soffiò il naso e sospirò, alzando finalmente lo sguardo. «Una volta che abbiamo scoperto entrambe cosa stava facendo, all'inizio eravamo arrabbiate l'una con l'altra. Non ci siamo parlate per più di una settimana. Questo mi ha spezzato il cuore. Alla fine, abbiamo deciso di parlare e ci siamo rese conto che nessuna delle due sapeva cosa stava facendo lui. Ma eravamo furiose con Alvin.»

Sally annuì vigorosamente. «Ci potete credere? Se la stava facendo con entrambe? Come se non l'avremmo scoperto prima o poi!»

Zoe, Bets ed io annuimmo collettivamente. «Certo, posso immaginare che foste arrabbiate con lui», aggiunse Bets.

«Voglio dire, è l'altra metà di me», intervenne Rae, con gli occhi di nuovo lacrimosi.

Sally si commosse e afferrò un fazzoletto dalla scatola che Bets stava porgendo.

Le due erano uno spettacolo da vedere. Quando si furono ricomposte di nuovo, chiesi: «E poi cosa è successo?»

«Non avevamo mai avuto intenzione di fargli del male. Volevamo solo fargli uno scherzo e rendere la vita difficile. Così abbiamo lanciato insieme un incantesimo d'inciampo perché è un po' goffo comunque», spiegò Rae.

«E a dire il vero, non era poi così bravo a letto», aggiunse Sally.

Per poco non sputai il tè, mentre Zoe quasi si strozzò con un biscotto. Gli occhi di Bets si spalancarono come piattini, e si morse il labbro. Potevo dire che stava cercando il più possibile di non ridere, ma le sfuggì comunque uno sbuffo.

Rae continuò. «Quindi è quello che è successo. Il fatto è che quando lanciamo incantesimi insieme, sono due volte più potenti. Pensavamo che sarebbe stato divertente. Ci immaginavamo che sarebbe inciampato dappertutto.»

«Non ci aspettavamo che provasse a tornare a casa a piedi. Avrebbe dovuto prendere un taxi», aggiunse Sally.

Zoe le osservò. «Viveva a due isolati da Enchanted Spirits. Perché avrebbe dovuto guidare o prendere un taxi quando la passeggiata era di soli pochi minuti?»

Il suo commento scatenò un'altra serie di singhiozzi da parte di Rae. Furono distribuiti altri fazzoletti, e Bets si scusò per andare a prendere altra acqua calda per il tè.

«Ok, quindi avete messo un incantesimo d'inciampo su Alvin quella sera, e sembra che sia caduto nella fontana e annegato. Poi cosa avete fatto?» chiesi.

Bets tornò con acqua calda fresca e riempì le tazze di tè.

«Beh, sapevamo che la tua famiglia sarebbe stata nel mezzo di tutto questo perché lo siete sempre», disse Sally in tono accusatorio. «I Wicked e i Good sono sempre negli affari di tutti.»

Mi appoggiai allo schienale della sedia, reprimendo l'impulso di alzare gli occhi al cielo. «Non sono stata in città per tre anni, quindi non puoi incolpare me per questo. Anche se oserei dire che ci sono più persone nei nostri affari che viceversa.»

«E Daniel è il capo della polizia», interloquì Zoe. «Perché avreste pensato che non stesse conducendo lui l'indagine?»

«Oh, sono sicura che lo stia facendo, ma non è uno stregone», disse Sally con un gesto di dismissione. «Jacob Good», disse, indicando nella mia direzione come se fossi Jacob stesso. «Il Signor Sensore di Incantesimi. Abbiamo pensato che l'unica cosa a nostro favore fosse il fatto che siamo gemelle. Alvin era morto, quindi Jacob non poteva toccarlo per scoprire chi l'aveva colpito.»

Le gemelle erano lanciate a questo punto e stavano semplicemente facendo uscire tutta la storia.

«Giusto», intervenne Rae. «Poi mi sono ricordata che voi avete quel pazzo medaglione che tenete sotto chiave. Quindi abbiamo pensato di raddoppiare di nuovo il nostro potere. Sappiamo che probabilmente ridete di noi tutto il tempo perché non siamo molto potenti, ma i nostri poteri insieme sono molto più forti. Non sapevamo se ce l'avremmo fatta, ma abbiamo bruciato quel medaglione. Poi abbiamo spogliato le bacchette della magia e le abbiamo distrutte.»

Aha. Questo spiegava facilmente le bacchette.

«Scommetto che l'avete già riparato», disse Sally con uno sguardo furioso e uno sbuffo. «Ma non potrete fare nulla per quelle bacchette.»

Oh cielo. Aveva contribuito ad uccidere accidentalmente il suo amante donnaiolo, ma ehi, ciò che contava davvero era che si fossero occupate delle bacchette. Decidendo di mantenere il silenzio su questo, guardai verso Zoe e poi di nuovo verso le gemelle. «In ogni caso, l'incantesimo che voi due avete lanciato ha fatto cadere Alvin e poi lui è morto. È stato solo un incidente, ma penso che dobbiate andare a parlare con Daniel.»

Rae scoppiò in lacrime, mentre Sally mi fulminò con lo sguardo.

———

Più tardi quella sera, Zoe mi seguì all'interno di Enchanted Spirits. Dopo oggi, avevamo *bisogno* di un drink. Ci era voluta una buona ora di persuasione per convincere Sally e Rae che dovevano parlare con Daniel. Dopo aver accettato, si erano rifiutate di alzarsi dalle loro sedie, sostenendo che la più colpevole doveva fare strada. Avevano portato l'ostinazione a nuovi livelli. Alla fine Zoe aveva semplicemente chiamato Daniel. Lui era venuto a casa e le aveva portate in centrale. Era al limite della pazienza su cosa fare con loro. Voglio dire, di cosa si accusano due donne tradite quando lanciano un incantesimo piuttosto benigno e finiscono per far annegare qualcuno? Alla fine, non avevano intenzione di uccidere Alvin, ma questo era ciò che era successo.

Zoe ed io ci aggiudicammo un tavolo nell'angolo, ordinammo una bottiglia di vino e dei panini all'aragosta. Mi appoggiai con un sospiro e la guardai.

«Beh, tutta quella preoccupazione e si è trattato di un incidente. Chi avrebbe mai pensato che Alvin se la spassasse così?»

Zoe rise piano. «Lo so. Mio Dio, si stava facendo entrambe alle spalle di sua moglie.»

«Lo so. È terribile quello che è successo però. Per il bene di sua moglie, spero che Daniel possa trovare un modo per mantenere riservato ciò che stava succedendo. Cosa pensi che Daniel le accuserà di?»

Zoe alzò gli occhi al cielo. «Dio solo lo sa. Non ne ho idea. Quanto al mantenerlo riservato, se sua moglie vuole conoscere tutta la squallida storia, lui dovrà dirgliela.»

«Suppongo di sì. Beh, forse lei lo sapeva già.»

Zoe sospirò e si strinse nelle spalle. «Chi lo sa?»

La nostra cameriera arrivò con la nostra bottiglia di vino, e ci sistemammo di nuovo. Dopo alcuni sorsi di vino, la guardai. «Quindi ho deciso di restare.»

«Davvero?» disse Zoe, con gli occhi spalancati e un sorriso che le si allargava sul viso.

«Sì. Mi mancava stare qui. Per quanto le cose qui diventino pazze, è bello essere a casa.»

«Cosa pensi di fare?» chiese.

«Penso che farò sapere a zia Lea che sarei felice di occuparmi della gestione di Persnickety Potions & Gifts. So che le piace, ma con il suo cancro al seno in questo momento, penso che abbia altre cose su cui concentrarsi.»

Zoe annuì lentamente. «È vero. Spero che starà bene.»

«Anch'io. La conosci però, è una combattente.»

«Non dirlo», rispose Zoe con un sorriso.

Alzammo i bicchieri in un brindisi: al mio ritorno a casa, alla soluzione del mistero su cosa fosse successo ad Alvin e alla salute di zia Lea.

Zoe guardò di nuovo verso la porta, i suoi occhi che assumevano un bagliore. «Non ci provare nemmeno», la avvertii, prevedendo che stava per dirmi che Liam era appena entrato dalla porta.

«Beh, dice qualcosa il fatto che tu sappia perché stavo sorridendo», rispose con un occhiolino.

Alzai gli occhi al cielo. «Potrei aver deciso di restare a Charm Cove, ma questo è tutto per ora. Non so nulla del destino.»

# EPILOGO

Alcune settimane dopo, alzai lo sguardo quando due donne entrarono da Pozioni e Regali Persnickety. Era un sabato di metà maggio, un periodo di punta per i clienti. Il negozio era affollato e le gemelle erano nel bel mezzo della confusione, controllando i clienti e gestendo la ressa al bancone.

Dovevo tenerle d'occhio per assicurarmi che non combinassero guai, ma conoscevo bene il tipo di marachelle che erano capaci di creare. Le due donne si avvicinarono al bancone. Le identificai come turiste, probabilmente di Boston o New York, entrambe ben vestite con pantaloni e camicette.

Una di loro, con i capelli scuri tagliati a caschetto, sorrise nervosamente. «Siamo qui per trovare un incantesimo d'amore» disse, con le guance arrossate.

«Abbiamo diversi incantesimi d'amore. C'è qualcosa di specifico che sta cercando?»

«Ecco, lavoriamo a New York City. Comunque, questa donna che lavora nell'edificio accanto, Kristy, giura che il suo ex-fidanzato sia venuto qui e abbia comprato un incantesimo. Lui pensava fosse uno scherzo. Ad ogni modo, l'ha lasciata a causa di questo. Ora, è perdutamente innamorato della receptionist che lavora lì» spiegò.

La donna diede una gomitata all'amica accanto a lei, le cui guance stavano diventando rosso vivo. «Lei è la receptionist nel suo ufficio e ha una vera cotta per il suo capo. Così ho pensato che dovremmo fermarci qui. Voglio dire, il Maine è un posto così bello comunque, quindi abbiamo fatto un giro in macchina fino a qui per il weekend.»

«È così che la vita dovrebbe essere» offrì Delia con un dolce sorriso mentre passava.

Dovetti mordermi la lingua così forte che ero abbastanza sicura ci fossero rimasti i segni. Quali erano le probabilità che stessero parlando del mio ex capo?

«Non saprebbe per caso il nome dell'uomo, quello che ha comprato l'incantesimo qui?» chiesi.

La donna con i capelli castani parlò questa volta. «Brian Ross. Dirige una divisione di investimenti presso New York Investments.»

Mi sforzai per non ridere e ci riuscii in gran parte. Quindi l'incantesimo d'amore aveva funzionato sulla receptionist per Brian. Non potevo crederci. Avrei dovuto fare un po' di ricognizione e chiamare alcuni amici a New York per avere notizie. Era troppo perfetto se Brian, che era un tale arrogante, si fosse ritrovato perdutamente innamorato della receptionist. Non c'era alcuna garanzia con gli incantesimi d'amore. Il lato positivo era che quando uno funzionava, di solito rendeva la persona assolutamente sciocca, quindi si sperava che Brian non sarebbe stato uno stronzo con lei.

«Credo di avere proprio quello che fa per voi» dissi, facendo loro cenno di seguirmi. Ci facemmo strada tra i clienti e gli espositori. Il vero medaglione non era stato rimesso nella vetrina. Dopo che Liam aveva riparato la vetrina rotta, Jacob aveva sostituito il medaglione con uno falso. La speranza era che chiunque fosse interessato non pensasse di cercarlo altrove.

Mi diressi direttamente verso lo scaffale pieno di varie bottiglie di pozioni e rimedi, prendendo una bottiglia di *L'Amore Troverà la Sua Strada*. C'erano circa dieci diversi incantesimi d'amore tra cui potevano scegliere, ma questo era il più innocuo. Ringraziai le stelle che avevo gestito le pozioni nelle ultime settimane, quindi ero sicura che nessuna di queste fosse troppo potente.

Erano abbastanza deboli che avrebbero funzionato solo se ci

fossero stati altri elementi in gioco. Le due donne acquistarono felicemente diverse bottiglie per sicurezza. Augurai loro il meglio, incrociando le dita a loro favore mentre si affrettavano a uscire.

Man mano che la giornata proseguiva con clienti che entravano e uscivano, stavo scoprendo che mi piaceva stare qui, proprio come prima. Charm Cove aveva il suo fascino, senza giochi di parole. Qui c'erano famiglia e amici, ed era un enorme sollievo non dover più spegnere i miei poteri e ignorare un'intera parte di me stessa, una parte centrale di me stessa.

Stavamo per chiudere il negozio quando delle scintille, specificamente blu e viola, vennero dall'angolo del negozio. Capii immediatamente che Celia e Delia stavano facendo qualche scherzo. Sfortunatamente, avevamo ancora molti clienti presenti.

Una donna anziana guardò verso l'angolo, con gli occhi spalancati. «Oh mio Dio! Cos'era quello? Ho sentito cose pazze su vere streghe qui» disse all'amica accanto a lei.

Senza dire una parola, mi spostai nell'angolo dove trovai Celia e Delia che ridacchiavano. Entrambe avevano bacchette nelle loro mani. Capii che avevano dato alle bacchette un po' più di magia del dovuto.

Lanciai loro uno sguardo severo e presi un'altra bacchetta dallo scaffale. «Solo un po' di brillantini» dissi mentre strappavo le bacchette dalle loro mani.

L'anziana signora guardò mentre tornavo verso la parte anteriore. Agitai la bacchetta non magica in aria e ne uscì un piccolo spruzzo di brillantini blu.

Nel frattempo, Celia e Delia ebbero abbastanza buon senso per sgattaiolare via e separarsi per iniziare a riordinare il negozio prima della chiusura. Gestivo il negozio con più rigore di zia Lea, se non altro perché sapevo esattamente quanto potessero essere dispettose le gemelle. Quando Emma ed io lavoravamo qui da adolescenti, combinavamo continuamente scherzi e marachelle.

Per questo, ero accorta con le gemelle, e lo stavano capendo. Erano anche preoccupate per la loro mamma, quindi non volevo togliere loro tutto il divertimento. Zia Lea stava abbastanza bene. Aveva permesso a mia madre e Penelope di accompagnarla ai suoi ultimi appuntamenti.

Emma passò a prendere le gemelle, e io girai il cartello sulla porta su *Chiuso* prima di accendere le luci serali. Il campanello tintinnò alle mie spalle mentre chiudevo la porta a chiave. Infilando le chiavi in tasca, attraversai la strada per fare una passeggiata intorno al parco.

Se ve lo state chiedendo, Sally e Rae sono state accusate di atti vandalici e morte accidentale. Un'accusa piuttosto insolita, ma molto appropriata. Erano fuori su cauzione e probabilmente lo sarebbero rimaste. Di certo non rappresentavano un pericolo per nessuno, a meno che non si fossero di nuovo coinvolte in un doppio tradimento.

Con così tante cose in corso, la mia famiglia mi aveva lasciato beatamente in pace riguardo a Liam e al nostro presunto destino. Ciò non significava che non fosse successo nulla. In effetti, mi stavo incontrando con lui quella sera.

Avevo deciso di afferrare il destino con le mie stesse mani, piuttosto che lasciare che mi prendesse a calci.

Se desideri aggiornamenti quando ho nuove uscite e altre notizie, iscriviti alla mia newsletter: subscribepage.io/J3tvfP

Per più marachelle, magia e caos a Charm Cove, gira la pagina per una anteprima di Hex Me Not.

# ESTRATTO: HEX ME NOT

## MOIRA WICKED

Con l'autunno che soffiava verso il Maine, Charm Cove era inondata di colori, le foglie degli alberi uno sfondo vivace di rosso, oro, arancione e viola. L'autunno era una delle stagioni più affollate per Persnickety Potions & Gifts. Mentre passeggiavo per il parco cittadino una mattina, godendomi l'aria frizzante, il profumo del fumo di legna e i colori meravigliosi, incontrai Beatrice Powers. Come al solito, stava macinando il suo giro attorno alla città, lasciandosi alle spalle il resto del suo gruppo di camminata veloce, con i gomiti che volavano e il passo ben oltre il vivace.

Si fermò di colpo quando mi vide. «Moira Wicked. Come stai?» chiese, con i suoi occhi castani luminosi e i capelli argentati corti scintillanti sotto il sole del primo mattino. Mi ricordava un colibrì, la sua energia sempre vibrante anche quando stava ferma.

«Sto bene, Beatrice. E Lei?»

«Ottimamente, ottimamente. Ho sentito che hai preso in gestione Persnickety Potions & Gifts. È vero?»

«Beh, è di proprietà di tutta la nostra famiglia, ma in questo momento, zia Lea ha altre cose a cui pensare, quindi sto assumendo io la gestione, per lo più.»

*Per lo più* era la parola chiave qui, visto che la mia famiglia *intera* significava *un sacco* di persone, tutte piuttosto felici di condividere la loro opinione su come si dovrebbero gestire le cose. Mia madre e zia Lea erano le due più propense a comandarmi su come gestire il negozio, ma mi avrebbero comandata che ne avessero l'autorità o meno. Era un semplice fatto della mia vita. Eppure non vedevo motivo di entrare in dettagli con Beatrice su questo.

Beatrice annuì rapidamente, un'espressione di preoccupazione le attraversò il viso. «Ho saputo di Lea. Le dica che le mando i miei saluti. L'ho incoraggiata a unirsi al mio gruppo di cammino. Voglio dire, può solo aiutare, giusto?»

Mi morsi l'interno delle guance per non ridere. Cercare di immaginare zia Lea che praticava la camminata veloce, beh, era decisamente difficile da immaginare. Era certamente in buona forma e lo era sempre stata, ma non era proprio il tipo da esercizio di gruppo. Preferiva le sue escursioni solitarie e quel genere di cose. Amava anche nuotare. Per tutta l'estate, faceva nuotate mattutine nell'oceano.

Mi limitai a sorridere e annuire. «Beh, sa com'è, si mantiene in forma. Non sono sicura che la camminata veloce sia il suo genere, però.»

Beatrice strinse le labbra, appoggiando una mano sul fianco snello. Era difficile credere che avesse superato i novant'anni. Supposi che fosse una pubblicità vivente per la camminata veloce. «D'accordo allora. Se vorresti unirti a noi, sei anche tu la benvenuta. Passerò dal negozio più tardi perché ho bisogno di alcune cose.»

Detto questo, ripartì a tutta velocità, con i gomiti che ondeggiavano mentre si affrettava a raggiungere il suo gruppo. Continuai per la mia strada, fermandomi da Magic Beans. Avevo bisogno di un caffè prima di iniziare la mia giornata al negozio. Il commento di Beatrice su zia Lea persisteva nei miei pensieri. Stava ancora andando avanti e indietro a Portland per i suoi appuntamenti medici. Preferiva non discuterne molto, ma insisteva sul fatto che avrebbe sconfitto il cancro al seno.

I "leaf peepers" erano in forze dentro Magic Beans, una delle caffetterie più popolari di Charm Cove. I tavoli erano affollati e c'era una fila piuttosto lunga, che arrivava quasi alla porta. "Leaf peepers" era il soprannome amichevole per i numerosi turisti che venivano nel New England specificamente per vedere i colori autunnali. Una volta che le foglie iniziavano a cambiare colore, erano spettacolari e valevano bene il viaggio.

Con Charm Cove su un'autostrada costiera nel Maine, i leaf peepers la seguivano verso nord per vedere ogni pittoresca cittadina e godersi la vista combinata delle montagne e del mare. Eravamo appena a sud della zona di Bar Harbor e del rinomato Acadia Park. Molti turisti trascorrevano alcuni giorni qui prima di dirigersi lì.

Presi posto in fondo alla fila, guardandomi intorno alla ricerca di volti familiari. Nonostante la mia iniziale resistenza a tornare a casa, ora che ero qui, ricordavo ciò che amavo di questo posto. Sebbene avessi apprezzato il mio tempo a New York, anche quando facevo qualche amicizia e frequentavo luoghi familiari, i volti erano sempre diversi con tanta energia frenetica.

Qui a Charm Cove, anche con i leaf peepers che affollavano Magic Beans, vedevo un mix di volti familiari. Respirai l'aroma di caffè fresco e dolci appena sfornati e guardai l'orologio, chiedendomi se avessi abbastanza tempo per prendere il caffè e aprire comunque il negozio in orario. Sarebbe stato sul filo del rasoio, ma probabilmente ce l'avrei fatta.

Me ne stavo per i fatti miei in fila quando qualcuno sussurrò il mio nome da dietro. Girandomi, mi ritrovai a guardare Opal Good. Con Liam Good e me che ci frequentavamo con cautela cercando di mantenere il riserbo, stavo avendo incontri casuali con vari membri estesi delle nostre famiglie, entusiasti di noi e costantemente in cerca di informazioni. Mi preparai a sentire lo stesso dalla zia di Liam, Opal.

Opal era vestita con i suoi soliti pantaloni neri e la camicia bianca. I suoi capelli argentati erano raccolti in uno chignon, completo di un portasigarette antico d'argento infilzato attraverso. Alta e snella, dovette chinarsi per sussurrarmi all'orecchio. «Qualcuno è entrato in casa nostra ieri notte e ha rubato diversi oggetti. Hai sentito tua madre stamattina?»

Ok, questo *non era* assolutamente il saluto che mi aspettavo. Sgranando gli occhi, la guardai e scossi la testa. «No, non ho ancora parlato con lei. Perché me lo chiede?»

«Perché ho appena finito di parlare con lei al telefono. Anche casa loro è stata svaligiata.»

Oh cavolo. Non esisteva la noia a Charm Cove.

«Cosa è stato rubato?» chiesi, mantenendo la voce bassa mentre la fila avanzava lentamente. Tirai fuori il telefono per scoprire che avevo tre chiamate perse da mia madre. Deve aver chiamato mentre stavo guidando e non mi ero preoccupata di controllare da allora.

Opal sostenne il mio sguardo, stringendo i suoi penetranti occhi azzurri. «Cose importanti», fu tutto ciò che offrì.

Oh, per carità. Mi aveva scaricato questa notizia e voleva essere vaga. Imprecai silenziosamente. «Sa cosa è stato rubato dai miei genitori?»

Opal scosse rapidamente la testa. «No, ma so che erano cose importanti. Voleva che ci riunissimo tutti.»

«Tutti?»

Opal annuì piuttosto vigorosamente. «Oltre a noi, qualcuno è entrato nel faro. Un Wicked o un Good, come sai, ha posseduto il faro da quando è stato costruito. Di conseguenza, è uno dei pochi luoghi dove abbiamo una storia condivisa, e oggetti importanti sono conservati lì. Abbiamo un problema.»

In quel momento, alcuni nuovi clienti entrarono nella caffetteria dietro di lei, e Opal cambiò immediatamente argomento. «A che ora apre il negozio oggi, cara? Pensavo di passare.»

Lanciando uno sguardo di lato, vidi una coppia di turisti dietro di noi. «Tra quindici minuti. Vuole venire con me?» chiesi.

Opal annuì vigorosamente di nuovo, continuando a chiacchierare del tempo e dei posti migliori per vedere le foglie. Dopo che ognuna di noi ebbe preso il proprio caffè e io afferrai uno dei miei scones ai mirtilli preferiti, Opal attraversò il parco cittadino con me.

Una volta entrate nel negozio, diedi rapidamente un'occhiata intorno. Nulla sembrava fuori dall'ordinario nella parte anteriore del negozio, ma quando andai sul retro, trovai un disastro. Qualcuno aveva rovistato tra gli scaffali dove conservavamo pozioni, articoli da regalo e altro. Le bottiglie erano rotte sul pavimento e ovunque c'era disordine.

Opal attraversò la tenda di perline, rimanendo a bocca aperta per un attimo. «O-M-G», disse.

Oh sì, a volte Opal parlava per acronimi. Strano, lo so. Acronimi a parte, Charm Cove aveva un ladro a piede libero.

*Copyright © 2018 Lucy May; Tutti i diritti riservati.*

1-Click: Hex Me Not

Se desideri aggiornamenti quando ho nuove uscite e altre novità, iscriviti alla mia newsletter: subscribepage.io/J3tvfP

# I MIEI LIBRI

**Grazie per aver letto questa storia! Spero che la magia vi sia piaciuta. In tal caso, ecco alcuni modi per aiutare altri lettori a trovare i miei libri.**

1) Scrivete una recensione!

2) Iscrivetevi alla mia newsletter per ricevere informazioni sulle nuove uscite: subscribepage.io/J3tvfP

3) Mettete "Mi piace" alla mia pagina Facebook https://www.facebook.com/lucymayauthor/

———

**Serie Wicked Good Mystery**

Destiny's A Witch

Hex Me Not

Spells & Silver Bells

The Great Maple Caper

Oopsy Daisy

Siren Song Gone Wrong

Pumpkin Patch Murder

**Serie This Good Witch Mystery**

Wish Upon A Witch
A Stormy Spell
A Stitch of Magic
Bee Charmed
**Serie Lemon Tea Cozy Mysteries**
Witch You Wouldn't Believe
A Spell to Tell
Witch is When it Gets Crazy

## L'AUTRICE

Lucy May ama il caffè, i cani, cucinare e scrivere. È una meridionale fuori posto che vive nel Maine. Ha imparato ad apprezzare le quattro stagioni, ma sente ancora la nostalgia delle pigre estati del Sud. Le piace pensare che in un'altra vita potrebbe essere stata una strega e crede ancora nella magia. Trascorre il suo tempo creando storie paranormali sarcastiche, magiche e sensuali.

Facebook

www.ingramcontent.com/pod-product-compliance
Lightning Source LLC
Chambersburg PA
CBHW071422300726
48976CB00004B/1213